JN318795

書下ろし

毒殺

警視庁迷宮捜査班

南英男

祥伝社文庫

目次

第一章　被害者の過去

1

銃声が轟《とどろ》いた。

乾いた音だった。近くから聞こえた。

歩行中の尾津航平《おづこうへい》は足を止めた。

振り返る。斜め後方にある宝飾店から、二人の男が飛び出てきた。ともに三十歳前後だ。どこか崩れた印象を与える。

片方の男は拳銃を握っていた。型《タイプ》は判然としないが、リボルバーではない。男たちは強盗だろう。強奪品はポケットの中に入っているのか。

地下鉄銀座《ぎんざ》・丸《まる》ノ内《うち》線赤坂《あかさか》見附《みつけ》駅のそばだ。宝飾店は、外堀《そとぼり》通りから一本奥に入った場所にある。十月上旬の夜だ。八時過ぎだった。

尾津は、警視庁捜査一課強行犯《きょうこうはん》捜査第二係の刑事である。犯罪を見逃すことはできない。

「誰か、その二人組を捕まえてください。泥棒なんです」

宝飾店から、五十年配の背広姿の男が走り出てきた。年恰好《としかっこう》から察し、店長かもしれない。彼の後方には、部下とおぼしき三人の若い男が見える。揃《そろ》って及び腰だった。

「どけ、どけ!」

逃げてくる二人組の片割れが通行人たちを蹴散《けち》らし、夜空に向けて威嚇《いかく》発砲した。

銃声の残響が尾を曳《ひ》く。道行く男女が一斉に身を屈《かが》め、物陰に走り入った。

尾津はあいにく丸腰だった。警察手帳しか携行していない。だからといって、怯《ひる》んではいなかった。

これまでの捜査で、被疑者に銃口を向けられたことは一度や二度ではない。銃撃戦を繰《く》り広げたことさえある。

尾津は、路肩《ろかた》に駐《と》めてある乗用車とワゴン車の間に身を移した。中腰になって、二人組の位置を確認する。

まだ十七、八メートル離れていた。尾津は、いつでも躍《おど》り出せる姿勢をとった。

息を詰めて、チャンスを待つ。失敗は許されない。緊張感が高まった。

二人組が迫《せま》った。

尾津は路面を蹴った。二人の男を肩で弾《はじ》き飛ばす。

不意を衝《つ》かれた男たちは、縺《もつ》れ合って横倒れに転がった。

弾みで、自動拳銃が暴発した。ブラジル製のタウルスＰＴ138だ。ダブルアクションの中型拳銃である。

銃口炎《マズル・フラッシュ》はオレンジ色に近い。銃弾は尾津の腰の脇を抜け、背後の軒灯を砕《くだ》いた。

尾津は、拳銃を手にしていた丸刈り頭の男の顔面を蹴った。

鼻柱が鈍《にぶ》く鳴った。軟骨が潰《つぶ》れたにちがいない。後頭部を路面に打ちつけた男は野太《のぶと》く唸《うな》って、すぐに体を丸めた。タウルスＰＴ138が手から落ちる。

「てめーっ」

仲間の男が喚《わめ》いて、拳銃に手を伸ばした。口髭《くちひげ》を生《は》やしている。凶悪そうな面構《つらがま》えだ。

尾津は相手の鳩尾《みぞおち》に靴の先をめり込ませた。鋭い前蹴りだった。口髭の男がむせながら、手脚《てあし》を縮める。

尾津は素早くブラジル製の拳銃を摑《つか》み上げた。銃身はわずかに熱を帯びている。

「警察の者だ。このハンドガンは押収するぞ」

「マジかよ⁉」

丸刈りの男が目を丸くして、半身を起こした。

尾津はタウルスPT138を左手に持ち替え、ジャケットの内ポケットからFBI型の警察手帳を取り出した。二人組が顔を見合わせ、相前後して長嘆息《ちょうたんそく》する。狼狽《ろうばい》の色は隠せない。

三十八歳の尾津はくだけているせいか、警察官に見られることは少ない。だが、れっきとした現職刑事だ。

尾津は二年数カ月前まで、渋谷《しぶや》署刑事課強行犯係の主任を務めていた。当時、すでに職階は警部補だった。

といっても、一般警察官《ノンキャリア》の中で特に出世が早かったわけではない。だが、尾津は敏腕《びんわん》刑事として知られた存在だった。犯罪者を嗅《か》ぎ当てる能力は猟犬並で、数多くの難事件を解決に導《みちび》いた。その大半は殺人事件だ。残りが強盗事案だった。

尾津はたびたび警視総監賞を与えられたが、上昇志向はなかった。現場捜査は好きだったが、出世欲はない。

管理職に就《つ》いたら、現場捜査から外《はず》されてしまう。尾津は、主任止まりでいることを本気で望んでいた。係長にされたら、依願退職するかもしれない。

そもそも尾津は、危なげのない生き方は性《しょう》に合わなかった。

事実、無頼だ。血の気《け》も多い。妻の不倫相手をとことん痛めつけた過去を持つ。相手は人妻を口説《くど》いたことに疚《やま》しさを感じていたようで、無抵抗だった。ひたすら謝り、被害届も頑《かたく》なに出さなかった。

そんなことで、傷害事件は発覚しなかった。しかし、尾津の暴力沙汰は渋谷署の署長に知られてしまった。

尾津は処罰を受けることを覚悟していた。ところが、予想外の展開になった。離婚した翌月、人事異動で本庁捜査一課強行犯捜査第二係に転属になったのである。

左遷《させん》どころか、栄転ではないか。尾津は戸惑《とまど》いを覚えたが、悪い気はしなかった。本庁の捜査一課は、所轄署刑事たちの憧《あこが》れの職場だ。

捜査第二係は、未解決事件の継続捜査を担《にな》っている。所轄署時代の活躍ぶりが評価されたのか。そう思ったのは、うぬぼれだったことを知らされる。

配属になったのは、二年半前に新設された迷宮捜査班の分室だった。栄転とは言えないだろう。

分室は、癖のある刑事たちの吹き溜《だ》まりだった。早い話、尾津は体《てい》よく渋谷署から追っ払われたわけだ。そうと自覚しても、別に傷つかなかった。

尾津自身、優等生ではない。はぐれ者や拗《す》ね者たちとは気が合いそうだ。居心地は悪くないかもしれない。そういう期待感が膨《ふく》れ上がった。

本家筋に当たる第二係は、ベテラン捜査員が多い。その分、どうしてもフットワークが重くなる。分室は、動ける若手で固めるという名目で設けられたと聞いていた。しかし、実際は窓際部署だった。

分室室長の能塚隆広《のうづかたかひろ》警部は五十九歳で、昔気質《かたぎ》の刑事である。DNA型鑑定に頼りがちな科学捜査には批判的だった。

能塚の刑事歴は確かに長い。そのせいか、自信過剰なほど自身の直感や勘《かん》を信じている。かつて誤認逮捕をしているにもかかわらず、経験則に引きずられてしまう。その点は、頑迷そのものだ。

能塚室長が部下たちに意見を求めることは少ない。見当外れな指示をしても、そのことを恥じる気配さえうかがえなかった。

理想的な上司とは言えないだろう。ただ、人情味はある。口こそ悪いが、腹黒くはなかった。それが救いだろう。

主任の勝又敏《かつまたさとし》警部補は、典型的な地方公務員だ。ルーチンワークはこなすが、士気《しき》は感じられない。責任感も強いとは言えなかった。

勝又は四十三歳だが、十歳近く若く見える。童顔で、細身だからか。チームの中では、最も上昇志向が強い。そのくせ、いっこうに昇任試験に通る様子がなかった。

勝又は個人主義者で、社交性はない。上司や同僚と飲食を共にしたことは、それこそ数えるほどしかないはずだ。

勝又は変人の部類に入るだろう。いわゆるオタクで、〝ももいろクローバーZ〟の熱狂的なサポーターだ。ちょくちょく仮病を使って、アイドルユニットのライブ会場に駆けつけている。

まだ独身だ。勝又は恋愛に関心がないと口にしているが、ゲイではなかった。何かで女性に対して不信感を懐《いだ》くようになったのだろうか。

分室で最年少の白戸恭太《しらときょうた》は、元暴力団係刑事である。チームメンバーになるまで、本庁組織犯罪対策部第五課で麻薬の取り締まりを担当していた。もっぱら潜入捜査に明け暮れ、だいぶ手柄を立てたらしい。

白戸は巨漢だ。レスラー並の体格で、体重は九十四、五キロある。

風体《ふうてい》は組員っぽい。眼光が鋭く、凄《すご》みがあった。粗野だが、一般市民に絡《から》むようなことはなかった。

白戸は尾津よりも三つ年下だが、上役や先輩刑事に敬語を遣《つか》うことは少ない。気まぐれに丁寧語を喋《しゃべ》ったりするが、普段は尾津にも友人のような接し方をしている。

白戸は法律や道徳に縛《しば》られることなく、好き勝手に生きている。性欲は人一倍強い。三日も柔肌《やわはだ》に触《ふ》れないと、次第に苛《いら》つきはじめる。ただ、八つ当たりはしない。

白戸は悪徳刑事と言ってもいいだろう。暴力団と関わりのあるクラブ、風俗店、秘密カジノで只《ただ》で遊んだ上、帰りに〝お車代〟をせしめているようだ。本人はそれを否定しているが、単なる噂《うわさ》や中傷ではないだろう。

白戸は生意気だが、どこか憎めない。世渡りの下手《へた》な男女や年寄りを労《いたわ》る優しさがあるからか。

「二人とも俯《うつぶ》せになれ。じきにパトカーがやってくるはずだ」

尾津は、男たちに交互に銃口を向けた。

丸刈りの男が先に命令に従った。口髭をたくわえた男が舌打ちし、腹這《ば》いになる。

「おまえらは客になりすまして、宝飾品を強奪したんだな？」

尾津は訊《き》いた。丸刈りの男が口を切る。

「何も奪《と》っちゃいないよ。でっかいダイヤの首飾りを持ち逃げしようとしたら、店長らしい奴に怪しまれたんだ。それだから、一発ぶっ放して……」

「逃走を図ったわけか。どっちも堅気じゃなさそうだな。といって、ヤー公にも見えない。半グレか？」

尾津は、どちらにともなく問いかけた。二人は黙したままだった。

パトカーのサイレンが響いてきた。宝飾店の従業員が一一〇番通報したのだろう。

「失礼ですが、あなたは？」

宝飾店の責任者らしい五十年配の男が、おずおずと声をかけてきた。

「警視庁の者です。銃声がしたんで立ち止まったら、この二人が店から走り出てきたんですよ」

「そうでしたか。申し遅れましたが、わたくし、『宝栄堂《ほうえいどう》』の赤坂店を任されている八木《やぎ》正行《まさゆき》といいます」

「尾津です。じきに現場に赤坂署と本庁機動捜査隊初動班の人間が来るはずです。もう大丈夫ですよ。商品は何も持ち出されなかったんでしょ？」

「いいえ、金の延べ棒《インゴット》を二本持ち逃げされました。一本百六十万円の商品です」

八木が口髭の男に目をやりながら、近寄ってきた。

「近づくな」

尾津は叫んだ。

数秒後、男が跳《は》ね起きた。八木の首に左腕を回し、右手に握った両刃のダガーナイフを喉元《のどもと》に当てる。

「拳銃《チャカ》を返さねえと、このおっさんの喉を掻《か》っ切るぜ」

「もう観念しろ。おまえらが包囲されるのは時間の問題だ」

尾津は諭《さと》した。無駄だった。口髭の男が唇を歪《ゆが》め、仲間を怒鳴《どな》りつけた。

「神谷《かみや》、何してやがるんだっ。早く起きろ！」

「もう逃げられねえよ。島《しま》、もうどうしようもないって」

「諦《あきら》めることはねえさ。こっちは人質を取ったんだ。いいから、立てよ」

「厄日《やくび》だな」

神谷と呼ばれた丸刈りの男がぼやいて、のろのろと立ち上がった。

「ハンドガンをおれの相棒に渡すんだ。おかしな真似《まね》をしやがったら、このおっさんを殺《や》っちまうぞ」

島が凄んだ。尾津は威《おど》しに屈《くっ》した振りをして、マガジンキャッチのリリースボタンを押した。銃把《じゅうは》から弾倉クリップが落下し、路上で撥《は》ねる。

「ふざけやがって！」

島がいきり立ち、ダガーナイフの刃を八木の喉元に深く喰《く》い込ませた。八木の顔が引き攣《つ》る。唇もわなわなと震えていた。

「足許にピストルをそっと置いて、もっと退《さ》がれよ」

神谷が命じた。

尾津は逆《さか》らわなかった。隙《すき》を衝《つ》いて反撃するつもりだ。

神谷が身を屈《かが》めた。そのとき、ベルトの下に差し込んであった金の延べ棒が抜け落ちた。神谷は先にインゴットと弾倉クリップを拾い上げ、タウルスＰＴ138も摑み上げた。

「神谷、早く弾倉クリップを銃把《グリップ》の中に叩《たた》き入れろ。おれたちの勝ちだ」

島が神谷に言った。

神谷が不自然な笑みを浮かべ、マガジンクリップを銃把の中に押し込んだ。

いつの間にか、通りの前後は複数のパトカーで塞《ふさ》がれていた。野次馬の男女は、はるか後方まで後退させられている。

「もう一本のインゴットは、そっちのベルトに挟《はさ》まれてるんだな」

尾津は島を見据《みす》えた。

「そうだよ」

「もう逃げ場はないぞ。人質を解放して、武器を捨てるんだっ」

「てめえも人質に取りゃ、なんとか突破できるだろうよ」

島がうそぶき、神谷に目配せした。神谷が尾津に狙いを定める。

「両手を頭の上で重ねて、こっちに歩いてこいよ」

「人質は、おれひとりでいいだろうが？」

「カッコつけやがって！　早く両手を頭の上に載《の》せろ」

「わかった」

尾津は言われた通りにした。立ち止まると、神谷が尾津の背後に回り込んだ。尾津は靴の踵《かかと》で、神谷の向こう臑《ずね》を思うさま蹴った。

神谷が呻く。尾津は体を反転させ、左手で神谷の右手首を摑んだ。右のエルボーを神谷のこめかみに叩き込む。

神谷が体をふらつかせた。尾津は神谷の足を払って、拳銃を捥《も》ぎ取った。暴発はしなかった。

倒れた神谷が腰でハーフスピンして、尾津の片足を掬《すく》うような動きを見せた。尾津はバックステップを踏み、神谷に銃口を向けた。神谷が全身を硬直させる。盛り上がった眼球は、いまにも零《こぼ》れそうだ。

「人質を自由にしてやれ。そうしなきゃ、おまえら二人の腕か脚《あし》を撃つ」

尾津は島に告げた。

「てめえこそ、拳銃《チャカ》を神谷に渡せ！　そうしなきゃ、『宝栄堂』の店長を殺《や》っちまうぞ」

「そうはいかない」

「なら、仕方ねえな」

「こ、殺さないでくれ。まだ死にたくない。来月、嫁いだ長女が初孫を産むんだよ。頼む！」

八木が両手を合わせ、涙声で哀願した。

尾津は、ブラジル製の拳銃を下げた。神谷が敏捷《びんしょう》に起き上がり、尾津の手からタウルスPT138を奪い取った。

「おまえら、道を開けろ！」

島が前と後ろに立ちはだかっている制服警官に大声で言い、八木の背中を押した。

「あんたも歩けよ」

神谷が尾津を促《うなが》す。尾津はゆっくりと歩きだした。

それから間もなく、斜め後ろで急に島が呻《うめ》き声を洩《も》らした。

尾津は振り返った。島が左の瞼《まぶた》を押さえて、唸《うな》っている。足許には、赤いハイヒールが転がっていた。誰かが島の顔面に靴を投げつけたようだ。

八木が島の腰からインゴットを引き抜き、『宝栄堂』に向かって走りだした。もう一本の金の延べ棒を回収するだけの余裕はなかったのだろう。部下たちの姿は見えない。

尾津はあたりを見回した。

路肩のそばに、三十二、三歳の美女が立っている。裸足《はだし》だった。右手には真紅のハイヒールを持っている。

「お、おまえ！」

神谷が美しい女性に銃口を向けた。

ほとんど同時に、ハイヒールが放たれた。靴は神谷の顔面を直撃した。神谷が前屈みになる。反撃のチャンスだ。すかさず尾津は、神谷に組みついた。相手の右手首をしっかとホールドし、撥《は》ね腰で投げ飛ばす。

神谷が路上に落ち、長く唸った。腰を強く打ちつけたようだ。

尾津は神谷の右手から拳銃を奪い、脇腹に蹴りを入れた。インゴットを引き抜き、二人組を路面に這いつくばらせる。

ダガーナイフを足で遠くに蹴ったとき、彫《ほ》りの深い美人が駆け寄ってきた。片方ずつハイヒールを抓《つま》み上げ、その場で履《は》いた。背筋が伸び、プロポーションのよさが強調された。

「助太刀してくれて、ありがとう。勇気がありますね。こっちは警視庁の者です。どちらのどなたなんです？」

尾津は美女に問いかけた。

「通りがかりの者です。規制線が張られてたんだけど、無理を言って……」

「ひょっとしたら、同業の方なのかな？」

「わたしがSPをやってたのは、五年も前のことです。護衛を担当してた女性国会議員にキスされそうになったんで、張り倒して依願退職しちゃったの」

「あなたが伝説の深町杏奈《ふかまちあんな》さんだったのか。そのエピソードは、所轄署にいたころに先輩たちから聞かされてましたよ」

「そう」

「いまは何をされてるんです？」

「フリーのボディーガードをやってるの。起業家、ニュースキャスター、興行プロモーター、労働貴族、タレント文化人、右翼の論客と客を選ばずに、無節操に荒稼ぎしてるんですよ。堕落《だらく》したと、軽蔑されるかしら？」

「おれは他人《ひと》を蔑《さげす》むほど直っすぐには生きてないんだ。ユニークな生き方だと思うだけですよ」

「大人なのね」

「いまの世の中、清濁併《あわ》せ呑《の》まなきゃ生きていけないでしょ？」

「あら、気が合いそうね」

「おれ、尾津といいます。捜一の二係の分室に所属してるんだ。深町さん、一度飲みませんか？」

「わたし、ナンパされてるのかな。うふふ」

「名刺を貰《もら》えないか」

「あいにく名刺は持ち合わせていないの。ごめんなさい」

杏奈が詫《わ》びた。尾津は自分の個人用の名刺を元SPに手渡した。

「あなたに助《す》けてもらわなければ、こっちは強盗犯たちに射殺されてたかもしれない。命の恩人には、ちゃんとお礼をしないとね」

「命の恩人だなんてオーバーね。わたしが余計なことをしなくても、あなたは被疑者たちを取り押さえられたと思うわ」

「その気になれば、深町さんの連絡先を調べることは可能です。しかし、強引なことはしたくないんだ。あなたはもう結婚してるかもしれないし、恋人がいると思われるんでね」

「いまはフリーよ」

「そうなら、一度どこかで会いたいな」

「これでも、割に忙しいの。スケジュールが詰まってるんで、すぐには時間を取れそうもないわね」

「そう。気が向いたら、電話をしてくれないか」

「わかりました。後のことはよろしくね」

杏奈がほほえみ、歩道に向かって歩きだした。後ろ姿も魅惑的だ。

制服警官と刑事たちがひと塊《かたま》りになって、前後から駆けてくる。島が何か悪態《あくたい》をついた。神谷は溜息《ためいき》をついたきりだった。

尾津は押収した拳銃を握ったまま、杏奈の後ろ姿を目で追った。一目惚《ぼ》れしてしまったのか。何かが起こりそうな予感があった。

2

無意識にハミングしていた。

尾津は歩きながら、自嘲的な笑みを拡《ひろ》げた。

登庁途中だった。日比谷《ひびや》公園に沿って歩いていた。

赤坂で二人組の強盗を取り押さえた翌朝である。間もなく九時になる。

尾津は二人の強盗犯の身柄を本庁機動捜査隊初動班に引き渡し、押収したブラジル製拳銃も預けた。事情聴取を受けながら、野次馬に幾度も目をやった。

だが、伝説の美人SPだった深町杏奈の姿はどこにも見当たらなかった。中目黒《なかめぐろ》の自宅マンションに戻っても、杏奈の残像は脳裏にこびりついて離れなかった。

一目惚れしたことは幾度もある。しかし、これほど強く魅《み》せられたのは初めてだ。どこか謎めいた杏奈は、理想の女性に近かった。

美貌に恵まれているだけではなく、知性的な輝きもある。加えて色っぽい。なぜか頽廃《たいはい》的《てき》な雰囲気も漂わせていた。熟《う》れた女性の魅力をすべて備《そな》えている。欠けているものはない。

前夜、杏奈は特定の男はいないと言っていた。そうでなかったにしろ、なんとか親しくなりたいものだ。

警察学校で同期だった男が本庁の警備部警護課に所属している。その彼に協力してもらえば、深町杏奈の個人情報は引き出せるだろう。

しかし、そうすることには若干のためらいがあった。

恋愛には駆け引きが必要だ。あまり熱心に相手にアプローチすると、逆効果になったりする。もう少し時間をかけて元SPに接近すべきだろう。

それにしても、この胸のときめきは何なのか。まるで高校生か大学生に逆戻りしたような気分だ。気恥ずかしいが、何か張りが生まれたことは確かだ。

ほどなく警視庁本部庁舎が見えてきた。

庁舎の横に、地下鉄有楽町《ゆうらくちょう》線の桜田門《さくらだもん》駅がある。職場の最寄《もよ》り駅だ。だが、尾津はいつも日比谷線を利用していた。少し歩かなければならないが、電車の乗り換えなしで中目黒駅から一本で通える。

本部庁舎は十八階建てで、ペントハウスがある。ペントハウスは二層になっていて、機械室として使われていた。

地階は四階まである。地下一階には印刷室、文書集配室、駐車場管理室、運転者控室、配車事務室、車庫などが並んでいる。地下二・三階は車庫だ。四階はボイラー室になっていた。

本部庁舎では、約一万人の警察官・職員が働いている。正面玄関から登庁する者はきわめて少ない。多くの人間が通用口から出入りしている。

エレベーターの数は多く、十九基もある。そのうちの十五基は人間専用の函《ケージ》だ。内訳は高層用六基、中層用六基、低層用三基である。残りの四基は、人荷兼用と非常用で二基ずつだ。

尾津は通用口から庁舎に入り、エレベーターホールまで歩いた。

七、八人の職員がホールにたたずんでいたが、いずれも顔見知りではなかった。目的の階によって、それぞれが異《こと》なるエレベーターを利用する。そんなわけで、案外、面識のない警察官や職員が多い。
尾津は低層用エレベーターに乗り込んだ。

捜査一課の大部屋は六階にある。およそ四百五十人の刑事が所属しているが、普段は空席が目立つ。都内の所轄署に設置された捜査本部に出張《でば》っているからだ。

都内には、百二の所轄署がある。殺人や強盗といった凶悪事件が発生すると、たいがい地元署に捜査本部が設けられる。そのことを警察用語で、帳場が立つという。

所轄署の要請で、本庁が捜査本部を設置するわけだ。捜査一課と所轄署刑事が合同捜査に当たる。

通常、第一期捜査は一カ月だ。以前は三週間だったが、その期間内に事件を解決することは難しい。そんなことで、一カ月に延長されたのである。

捜査費用は所轄署が負担する決まりになっていた。凶悪事件が何件も発生すると、たちまち年間予算が消えてしまう。

第一期で加害者を特定できなかった場合、所轄署の捜査員たちはおのおの持ち場に戻る。つまり、捜査本部から離脱する。その代わりとして、本庁捜査一課の課員が追加投入されるわけだ。

六階には、捜査一課のほかに刑事部長室、刑事総務課、組織犯罪対策部などがある。組織犯罪対策部は約一千人の大所帯だ。

尾津たちチームが所属する第二係迷宮捜査班分室は捜査一課に組み込まれているが、刑事部屋は五階にある。同じフロアには刑事部捜査第三課、第一機動捜査隊、健康管理本部、共済診療所などが連《つら》なっている。

分室は共済診療所の奥にあって、ほとんど目につかない。プレートすら掲《かか》げられていなかった。八階のプレスクラブに詰めているマスコミ各社の記者たちの多くは、分室の存在さえ知らないはずだ。非公式のチームだった。

尾津は五階に上がると、分室に直行した。

刑事部屋は三十畳ほどの広さだ。窓側に四卓のスチール・デスクが置かれ、その右側に五人掛けのソファセットが据《す》えられている。壁際には、ロッカーとキャビネットが並んでいた。

メンバーは、原則として午前九時までに登庁することが義務づけられている。だが、規則を守っているのは能塚室長だけだった。

尾津はアジトのドアを引いた。

勝又主任の姿しか見当たらない。室長は体調を崩したのだろうか。

勝又が自席に〝ももいろクローバーZ〟の最新CDを一杯に並べ、嬉しそうに眺《なが》めていた。

「やあ、おはよう」

「また、お気に入りのアイドルユニットのCDをたくさん買い込んだようですね」

「二百枚しか買わなかったんだ。サポーター仲間たちはもっと多くまとめ買いして、メンバーの五人を熱く応援してるんだけどね。ぼくは関連グッズをだいぶ購入したんで、今回は二百枚にしたんだよ」

「シングルでも二百枚となったら、二十万円以上の出費でしょ？」

「そうだね。でも、痛くないよ。〝ももいろクローバーZ〟は、ぼくの生き甲斐《がい》だからさ」

「いつものように、そのCDを不特定多数の人たちに無償で配るわけか」

「そう。〝ももいろクローバーZ〟はもうスターだけど、もっともっとファンを増やしてやりたいんだよ。尾津君はジャズとロックしか聴《き》かないって聞いてるから、無理にCDを押しつけたりしない。でも、周《まわ》りにCDを貰ってくれそうな人はいそうだな」

「すみません！　おれの周りには、そういう奴はいないんですよ」

「そっか。四十過ぎた男が〝ももいろクローバーZ〟のサポーターをやってるのは変かい？」

「人それぞれですから、周囲の目なんか気にすることありませんよ」

尾津は自分の席に落ち着いた。

「そうだよね。何回も同じことを言うけどさ、ぼくは大学時代に国家公務員試験Ｉ種合格を目標に猛勉強に明け暮れてたんだ」

「そういう話でしたね」

「ストイックな日々で、青春の輝かしい生活とは無縁だったよ。辛《つら》くて苦しい毎日だった。だからさ、いま〝ももいろクローバーＺ〟と一緒に青春を謳歌《おうか》してるんだよ」

「いいんじゃないですか。大いに謳歌してくださいよ。それはそうと、室長から何か連絡がありました？」

「いや、ないよ。ぼくが来たときは、誰もいなかったね。いつもなら、室長が朝刊を読んでるはずなんだけどさ」

勝又がＣＤを重ねて、黒いリュックサックの中に収めはじめた。

そのとき、巨身の白戸がのっそりとアジトに入ってきた。頬骨《ほおぼね》のあたりに青痣《あおあざ》が見える。

「どこかで喧嘩《ゴロ》まかれたようだな？」

尾津は白戸に声をかけた。

「昨夜《ゆうべ》、六本木《ろっぽんぎ》で三人の黒人男と殴り合うことになっちゃったんだ。そいつら、ロアビルの近くで日本人の女の子たち二人にしつこく言い寄ってたんで、おれ、ちょいと注意したんだよ。そしたらさ、おれよりも体格《ガタイ》のいい奴が謝りながら、いきなりパンチを浴びせてきやがった」

「パンチを躱《かわ》す間《ま》もなかったんだ？」

「そう。強烈な右フックだったんで体がふらついたんだけど、すぐに相手に組みついてチョーク・スリーパーで落としてやったよ。連れの二人には足蹴《ゲソパン》り入れてさ、金玉を潰《つぶ》してやった」

「それで、勝負はついたのか？」

「ああ。三人はおれをプロの格闘家と思ったみたいで、すごすごと逃げてったよ」

「六本木には遊びに行ったのか？」

「うん、まあ。超美人ばかりを揃えた白人ホステスの店ができたと聞いたんで、ちょっと覗《のぞ》きに行く気になったんだよね。その前にアフリカ系の黒人たちがしつこいナンパの仕方をしてたんで……」

「で、立ち回りを演じることになったわけか」

「そうなんだ」

「白戸、お目当ての店はどうだったんだい？」

「女優みたいな白人女が揃ってたが、金を持ってる客にしか興味を示さないんで、一時間も店にいなかったな。それでも、六万も取りやがった」

「おまえは、いつも組の息のかかったクラブで只酒を飲んでるんで、ぼられたって感じるんだろうな。マブい白人ホステスばかりの店なら、それぐらいの勘定になるさ」

「それにしても、ちょっと高いよ」

「思わず出費をさせられたんで、よく行くクラブに顔を出して〝お車代〟をいただいたんじゃないのか？」

「そういうデマを鵜呑《うの》みにしないでよ」

白戸が苦く笑った。目に狼狽《ろうばい》の色が差している。裏社会の人間と癒着《ゆちゃく》しているのは事実なのだろう。

「監察室にマークされないようにしろ、もう暴力団係《マルボウ》刑事じゃないんだからさ」

「先輩に信用されてないんじゃ、おれ、グレたくなるよな」

「とっくにグレてるだろうが！」

「まいったな。あれっ、室長は？」

「勝又さんが登庁したときは、アジトは無人だったらしいよ」

「そう。室長、風邪で熱を出しちゃったんじゃない？」

「そうなのかな」

尾津はセブンスターをくわえ、使い捨てライターで火を点けた。白戸が勝又と短い挨拶《あいさつ》を交わし、ソファセットに歩み寄った。

どっかとソファに坐ったとき、能塚室長が秘密刑事部屋に顔を出した。

「みんな、揃ってるな。感心、感心！」

「能塚さん、きょうは珍しく登庁時刻が遅いですね」

尾津は言った。

「おれは八時十分には、ここに入ってた。機捜初動班の班長に呼ばれて、尾津の昨夜《ゆうべ》の活躍を教えてもらってたんだよ。赤坂署の連中も、おまえに感謝してたそうだ」

「そうですか」

「室長、いったい何があったんです？」

勝又が能塚に訊《き》いた。能塚が前夜の出来事を手短に話す。

「その事件《ヤマ》のことは今朝《けさ》のニュースで報じられてましたけど、尾津君が二人の強盗犯を取り押さえたのか。お手柄じゃないですか。ね、室長？」

「ああ。被疑者たちは拳銃とダガーナイフを所持してた。それでも、尾津は敢然《かんぜん》と犯人たちと闘った。警察官の鑑《かがみ》じゃないか」

「ええ、たいしたもんですね」

「勝又、少しは発奮しろ。おまえは一応、主任なんだぞ。〝みずいろクローバーZ〟にうつつを抜かしてる場合じゃないだろうが！」

「室長、みずいろじゃありません。ももいろです。何度も訂正したはずだけどな」

「どっちでもいいじゃないか、そんなことは」

「いいえ、よくありません。ユニット名を間違えるのは、五人のアイドルにも失礼ですよ。ぼくらサポーターも不愉快になります。傷ついちゃいますよ」

「前にも言ったが、おまえは四十三なんだぞ。おっさんなのに、いつまで若いつもりでいるんだっ。いくら童顔だからって、やってることがガキっぽすぎるぞ。勝又の精神年齢は十代後半でストップしたままなんだろうが、みっともないよ」

「その言葉、聞き捨てにできませんね」

　勝又が気色《けしき》ばんだ。

「大人の自覚があるって言うのかっ」

「そりゃ、ありますよ。情熱があるうちは、いくつになっても青春時代でしょ？」

「そいつは屁理屈《へりくつ》ってもんだ。社会人のくせに、あんまり青臭いことを言うんじゃないっ」

「上司だからって、ぼくの価値観を否定する権利なんかありませんよ。無礼です。室長、謝ってください」

「なんで謝らなきゃならない？　おれは、客観的な見方をしてる。どこも間違ってなんかないぞ」

「独善的なんですよ、言ってることが」

「なんだと⁉」

「二人とも少し冷静になってください」

尾津は短くなった煙草《たばこ》の火を消しながら、やんわりと窘《たしな》めた。白戸がソファから立ち上がって、尾津に同調した。

勝又がそっぽを向く。能塚室長が猪首《いくび》を振りながら、自分の机に足を向けた。

「室長は、ちょっと勉強不足なんじゃないのかな」

白戸が、ぼそぼそと言った。

「勉強不足だって？」

「そうだね。昔と違って価値観が多様化してるんで、年齢を重ねても気の若い中高年がいるんだよな。おっさんになっても、プラモデルやミニチュアカー集めに夢中になってるのもいる。ティーンズのファッションが好きなおばさんたちだっているよね？」

「そんなのは少数派だよ。ちゃんとした大人なら、そんな歪《ゆが》んだ趣味を持ったりしないさ」

「室長、それは偏見でしょ？　別に歪んではいないですよ」

「おまえ、偉《えら》そうになんだっ。年上の者に説教するだけの人格者なのか！　いつからそんなに偉くなったんだ。え？」

「偉そうなことを言ったわけじゃないんだがな。室長が子供っぽい怒り方をしたんでさ、勝又さんの肩を少し持っただけだよ」

「不良刑事《デカ》が一丁前のことを言うなっ」

「確かにおれは優等生じゃないけどさ、室長はもう少し柔軟性が必要なんじゃないの？許容範囲が狭すぎると、部下たちが離れちゃうでしょ？」

「白戸、そこまで言うもんじゃないな」

尾津は穏《おだ》やかに諭《さと》した。白戸が頭に手をやって、ソファに腰を落とす。

気まずい空気が流れた。

数分経《た》ってから、能塚が口を開いた。

「勝又、おれが大人げなかった。出がけに女房と口喧嘩したもんだから、少し気が立ってたんだよ。勘弁してくれや」

「ぼくも、つい感情的になってしまいました。そのことを反省してたとこなんです」

「そうか。水に流してくれるな？」

「はい」

「白戸、悪かったな。虫の居所が悪かったんで、おまえにも怒鳴《どな》ってしまったんだ」

「こういうことは過去に何度かあったんで、気にしてないですよ」

「大人だね、白戸は」

「室長が……」

「ガキっぽすぎるか？　いま、そう言いかけたんだろ？」

「まずったな」

「やっぱり、そうだったか。そういう面もあるから、不機嫌になったりしないよ」

「その調子ですよ。上に立つ者は、常にどーんと構えてなくちゃね」

「おまえ、生意気だな。しかし、誰にも臆《おく》することなく物を言えるのは立派だよ」

「もっと室長の短所をあげつらって、少し反省させるか。冗談、冗談です」

「冗談めかして、おれにそれとなく釘をさしたんだろう。え？」

「図星です」

白戸が明るく答えた。能塚が複雑な笑い方をした。

その直後、本家の大久保豊《おおくぼゆたか》係長が分室を訪ねてきた。四冊の黒いファイルを抱えている。捜査資料だろう。

大久保係長は、能塚室長よりも十歳若い。どちらも職階は警部だ。そんなことで、能塚は本家筋の係長を大久保ちゃんと呼んでいた。もちろん、役職のランクは係長のほうが高い。

「また、みなさんに再捜査をお願いしたいんですよ」

大久保が能塚室長に切り出した。

「どんな事件《ヤマ》なんだい？」

「二年三カ月前に大崎《おおさき》署管内で発生した毒殺事件です。被害者は四十一歳の男でした。裏通りを歩行中に背後から猛毒を塗った傘の先で左の太腿《ふともも》を突き刺されて死んだんです」

「その事案は憶《おぼ》えてるよ、殺し屋《プロ》の手口っぽかったんでね」

「そう思われるんですが、大崎署に設置された捜査本部は未《いま》だ容疑者の絞り込みに至ってないんです。目撃証言がゼロだったとはいえ、このまま迷走をつづけるわけにはいきません」

「そうだね。捜査本部《チョウバ》が縮小されて、本家の専従班が並行捜査を五カ月前から……」

「ええ、そうなんですよ。しかし、専従班だけでは心許ないんで、能塚さんのチームに支援を要請することにしたわけです。お願いできますね?」

「もちろんさ。詳しいことは、あっちで聞かせてもらうよ」

室長が椅子から立ち上がり、ソファセットに視線を向けた。尾津たち三人の部下は、ほぼ同時に腰を浮かせた。

3

四冊の黒いファイルが卓上に置かれた。

大久保と能塚が並んで腰かける。コーヒーテーブルの向こう側だ。尾津たち三人は出入口寄りのソファに腰を落とした。

「捜査資料を読んでもらう前に、事件のアウトラインを話しておいたほうがいいでしょ?」

大久保が、かたわらの能塚室長に言った。能塚がうなずく。

「大崎署管内で毒殺事件が発生したのは、一昨年七月五日の夜です。事件現場はJR大崎駅から五百メートルほど離れた裏通りでした」

「大久保ちゃん、被害者《ガイシャ》は調査会社か探偵社で働いてたんじゃなかったっけ?」

「ええ、そうです。被害者は牧慎也《まきしんや》、四十一歳です。牧は夜道を歩いてるとき、背後から猛毒クラーレを塗った傘の先で、左の太腿を突き刺されたんですよ。ほぼ即死状態だったようです」

「確かクラーレは、南米の先住民が毒矢に用《もち》いる植物性猛毒物質だったよな?」

「その通りです。フジウツギ科かツヅラフジ科の樹木の皮から採《と》られてるようですね。成分のツボクラリンは、脊椎《せきつい》動物の神経と筋《きん》との接合部を遮断《しゃだん》させて骨格筋を麻痺《まひ》させるんですよ」

「そうなんだってな。筋弛緩剤《きんしかんざい》に使われてるし、麻薬補助にも用いられてるんじゃなかったっけ?」

「ええ、そうです。アマゾン流域に住む先住民は、ウーラリと呼んでるみたいですね」

「そこまでは知らなかったな。猛毒なんだから、普通の人間がクラーレを手に入れることは困難だろうね」

「たやすく入手することはできないはずです。ただ、製薬会社や医療施設なんかで働いてる者なら、入手は可能かもしれません。あるいは、インターネットの闇サイトで密売品を購入できそうですね」

「大久保係長、凶器が雨傘であることははっきりしたんですか?」

尾津は口を挟《はさ》んだ。

「ああ、それは間違いないよ。傘の先端部分の太さと長さ、それから布地の繊維片から婦人用の雨傘であることが割り出されたんだ」

「凶器は婦人用の雨傘だったんですか」

「そうなんだ。加害者は凶器を持ち去ってるはずなんだが、いま現在も発見されてない。あいにく目撃証言がゼロなんで、初動から捜査は難航気味だったんだよ」

「青酸化合物や砒素《ひそ》による毒殺事件は幾つも事例がありますが、猛毒クラーレを使った殺人は珍しいんじゃないかな」

「おそらく国内では、初の事例だろうね」

「捜査本部だけではなく、本家の専従班もプロの犯罪者の犯行《ヤマ》と睨《にら》んでたんでしょう?」

「そうなんだ。そんなことで、殺し屋《プロ》と思われる犯罪者をとことん洗ったんだが、疑わしい人物は捜査線上に浮かんでこなかったんだよ」

大久保が溜息《ためいき》をついた。尾津は口を結んだ。

短い沈黙を突き破ったのは、勝又主任だった。

「被害者が誰かに強く恨《うら》まれてたなんてことは？」

「殺された牧慎也は長いこと事務機器の営業職に携《たずさ》わってたんで、社交性に富んでたんだ。そつがないんで、他人を怒らせるようなことはなかったようだね」

「そうですか。女にだらしがないとか、金銭にルーズだったんではありません？」

「いや、そういう話は出てこなかったな。二係《うち》の専従班が地取りと鑑取りを改めてやったんだが、女性関係のトラブルも金のいざこざも起こしてなかったよ」

「そうなんですか」

「ちょっといいかな」

　白戸が勝又に断って、大久保に話しかけた。

「夫婦仲はどうだったんだろう？」

「妻の七海《ななみ》、三十八歳との仲は悪くなかったようだよ。ひとり息子を連れて夫婦はよく海外旅行やレジャーランドに出かけてたらしいから、家庭不和が犯罪の引き金になったとは考えにくいね」

「そうなのか。これといった問題はなかった男が、なんで殺されなきゃならなかったのか。牧には案外、裏の貌《かお》があったんじゃないのかな。大久保さん、そのあたりはどうなんです？」

「牧は、ごく平凡な勤め人だったんだと思うよ。昔はパチンコにハマってて、給料の半分近くを注ぎ込んで奥さんを泣かせてたらしいが……」

「何かがあって、被害者はパチンコを一切やらなくなったんだろうな」

「そうなんだよ。牧は四年前まで毎晩のように会社の帰りに五反田《ごたんだ》駅近くにあるパチンコ屋に寄ってたんだが、ある夜、その店の景品交換所にフェイスキャップを被《かぶ》った男が押し入って千二百万円の現金を奪った上に女性従業員を刺殺したんだ」

「刺し殺された女性従業員と被害者は顔見知りだったんで、ショックを受けたんだろうな。それで、牧はパチンコをやめる気になったんでしょ？」

「そうじゃないんだ。牧は、その強盗殺人事件で疑われてしまったんだよ」

「なぜ、そんなことになったんですか？」

尾津は手で白戸を制し、早口で大久保係長に問いかけた。

「事件のあった景品交換所内に牧のセカンドバッグが落ちてたんで、任意同行を求められたんだ。牧は事件当日、行きつけのパチンコ屋にいたことは認めた。しかし、大当たりして興奮してる最中に何者かにセカンドバッグを持ち去られたと主張した。初動捜査に当たってた刑事たちは牧の供述の裏付《ウラ》けを取るため、パチンコ店の全従業員に会いに行った」

「しかし、牧がセカンドバッグを持ってたことを記憶してる従業員はいなかったんじゃないですか」

「さすがだね。そうなんだ。それで、大崎署に設置されたばかりの捜査本部は牧を別件逮捕したんだよ。会社の同僚たちと何度か賭《か》け麻雀をしてた証拠を固めて、裁判所に逮捕状を請求したわけだ」

「景品交換所内から、牧慎也の指掌紋《ししょうもん》や足跡なんかが出たんですか?」

「いや、セカンドバッグから牧の指紋と掌紋が採《と》れただけだね」

「それなのに、別件で牧をしょっ引くなんて勇み足を踏んだとしか言いようがないな」

「そうなんだが、その当時、牧は奥さんに内緒で複数の消費者金融からパチンコ代を借りまくってたんだ。負債額はトータルで百六十万を超えてたらしい。四社のうち二社は利払いもできなかったようだから、返済のことで頭を抱えてたんだろう」

「そうだからって、強盗をする気にはならないでしょ?　勤め人は定収入があるわけですから、いつか借りた金を返すことはできるはずです。その程度の負債なら、返却不可能じゃないでしょ?」

「そうなんだろうが、捜査本部は牧を別件で検挙《アゲ》た。強盗殺人事件の重要参考人と目《もく》したんだろうな」

　大久保が言った。

「その事件で令状を取ったら、誤認逮捕になります。まさか逮捕状を請求したんじゃないでしょうね？」

「マスコミには伏せられたんだが、実は牧は強盗殺人容疑で再逮捕されたんだ。別件の取り調べ中にね」

「なんてことなんだ。それでは、もろ誤認逮捕じゃないですか」

「結果的には、そうなるね。牧は証拠不十分ということで、大崎署にふた晩留置されて釈放されたんだ」

「こっちも誤認逮捕をやらかしたことがあるんで偉そうな口は利《き》けないが、牧には同情するよ」

能塚室長が大久保を見ながら、小声で言った。

「刑事課長が牧宅を訪ね、土下座したそうです」

「当然だろうな、シロの人間をクロにしちゃったわけだから。いや、おれにそんなことを言う資格はない。大久保ちゃん、聞かなかったことにしてくれないか」

「わかりました。それはそうと、牧は別件で捕まったことを会社の上司や同僚に知られてしまったんで、職場に居づらくなったんでしょう。事務機器販売会社を辞めて、ハローワークに通いはじめたんです」

「そのころ、牧は三十六、七だね。その年齢なら、再就職できそうだな」

「それがなかなか厳しくて、牧は三カ月後に『東西《とうざい》リサーチ』という小さな探偵社に入ったんです。それからは、もっぱら浮気調査をしてました。探偵としてのセンスはあったようで、必ず不倫カップルの密会現場を押さえてたという話でした」

「その探偵社を経営してるのは、どんな人間なのかな？」

「素っ堅気じゃないんですよ。『東西リサーチ』の社長は、元会社整理屋です。要するに、経済やくざだったんでしょう。名前は畑中憲義《はたなかのりよし》、五十一歳ですね。会社を興《おこ》したのは七年前です。社員数は二十人弱だったな」

「アウトローだった男が営《いとな》んでる探偵社がまともなことをやってるわけないよ。『東西リサーチ』は調査対象者の弱みを恐喝材料にして、口止め料をせしめてるんだろう。それだけじゃなく、依頼人からも銭を毟《むし》ってたとも考えられるな」

「そうなんですかね？」

「女性依頼人が亭主の素行調査をしてくれと言ってきたら、まず不倫の証拠を摑む。それで不倫カップルの双方から口止め料をいただいて、それから依頼人にも『旦那の浮気のことを他言されたくなかったら、それ相応の金を出せよ』なんて脅迫してたんじゃないかな」

「悪徳探偵が少なくないことは知ってますが……」

「白戸、元やくざが探偵社をやってるケースはあるよな？」

能塚が巨身刑事に確かめた。

「ありますね。足を洗っても刺青《スミ》を入れたりしてたら、まともな働き口がなかなか見つからないからな。探偵社を設立するのは、たいして元手がかからない。だから、そういう商売をする元組員は割にいるね。正確な数はわからないけど、都内に元やくざの探偵や調査員が数十人はいると思うな」

「そうだろう。そういう連中は調査依頼件数が少ないときは、恐喝《カツアゲ》をやって喰《く》ってるんじゃないのかね？」

「だろうな。不倫カップルをちょいと脅《おど》せば、百万ぐらい出すだろうから」

「牧慎也は、なんとか『東西リサーチ』に入ることができたんだ。社長が法に触れるようなことをしてるとわかっても、面と向かって咎《とが》められないだろう。そんなことをしたら、解雇されるに決まってる」

「そうなるだろうね。また新たな働き口を探すとなると、先が思いやられる。牧は妻子を路頭に迷わせるわけにいかないんで、畑中って社長と一緒に強請《ゆすり》をやってたんじゃないのかな」

「考えられるね」

「牧は『東西リサーチ』から、結構な給料を貰ってたんじゃない？」

白戸が大久保に訊《たず》ねた。

「具体的な額は把握してないんだが、サラリーは悪くなかったようだ。牧は妻や息子を連れて年に二回はハワイに行って、国内のレジャーランドや温泉にもちょくちょく出かけてたようだから」

「なら、牧は畑中って社長とつるんで恐喝を重ねてたんでしょう。うん、間違いないな。もしかしたら、牧は恐喝相手が雇った殺し屋《プロ》に毒殺されたのかもしれないね」

「白戸君の筋読み通りなら、畑中社長も始末されてそうだな」

大久保が呟いた。

「そうか、そうだな。元ヤー公は社員たちに恐喝の指示をするだけで、てめえは表に出なかったんでしょう。それだから、畑中は命を狙われずに済んだ。そうなんじゃないのかな。昔の筋者は任俠《にんきょう》を看板にしてたようだけど、いまの組員どもは損得勘定ばかりしてるからね」

「そのことは、わたしも知ってるが……」

「尾津さんは、どう筋を読んだ？」

白戸が意見を求めてきた。

「浮気調査をメインの仕事にしてる小さな探偵社が社員たちに高い給料を払えるわけはない。白戸が推測したように、おそらく牧は恐喝の片棒を担《かつ》いでたんだろう。しかし、浮気程度の弱みを握られたからって、脅迫者を葬《ほうむ》ろうと考えるだろうか」

「下半身スキャンダルを知られた人間が社会的に成功してたら、保身本能が強く働くと思うね。せっかく摑んだ地位や財力を失いたくないと焦《あせ》って、殺し屋でも誰でも雇うんじゃないの？」

「そうだろうか」

「脅迫された相手がたとえ大金持ちだって、際限《さいげん》なく多額の口止め料をせびられそうだと感じたら、さすがにうっとうしくなるでしょ？」

「だろうな。ただな、おれの勘ではちょっと違う気がしてるんだ。『東西リサーチ』が会社ぐるみで恐喝じみたことをやってた疑いはあると思うよ」

「そうだよね」

「しかし、恐喝材料は下半身スキャンダルなんかじゃない気がするな。元やくざの畑中は誰か他人の致命的な弱みを握って、とてつもない要求をしてたんじゃないか。畑中が黒幕なんだが、交渉は社員の牧にすべて任せてた」

「脅迫されてる側は、牧が首謀者だと思い込んでた。だから、牧だけが毒殺されたわけか」

「そうなんだろうな」

「尾津君、致命的な弱みって何だと思う？」

ずっと黙っていた勝又主任が口を開いた。

「殺人、汚職、大企業の不正といったものが考えられますが、まだ判断材料が少なすぎますんで……」

「確かに、そうだね」

「勝又さんはどう推測しました？」

「まだ捜査資料に目を通してないんで、ちゃんと筋を読むことはできないな。でも、殺害された牧は『東西リサーチ』に入ってから、何か悪事に手を染めて高給を貰ってたんだろうね。でも、そのことは事件とリンクしてないかもしれないよ」

「勝又、どういうことなんだ？　もっと具体的に喋ってくれ」

能塚室長が身を乗り出した。

「わかりました。牧慎也は四年前、強盗殺人事件の濡衣《ぬれぎぬ》を着せられそうになったんですよね？」

「大久保ちゃんの話では、そうだったな」

「牧は自分を誤認逮捕した担当の捜査員に恨みを持ち、憎悪してたにちがいありません」

「そうだろうな。勝又、たまにはいいことを言うじゃないか」

「い、い、たまにはですか？」

「こんなときに突っかかるな」

「ま、いいでしょう。許容範囲ですんでね」

「けっ、偉《えら》そうに！」

「牧を別件でしょっ引いて、さらに強盗殺人事件で誤認逮捕したのは何者なんですか？」

勝又が大久保係長に顔を向けた。

「それは、当時、大崎署の刑事課長を務めてた林葉《はやしば》武彦《たけひこ》だよ。牧が釈放された数日後に依願退職して、現在は中古重機の販売会社の代表取締役だ。五十四歳でOBになったはずだから、いまは五十八歳だね。中古重機を東南アジア、中南米、アフリカの新興国に輸出して、年商は右肩上がりだそうだよ」

「そうですか。牧は、勇み足を踏んだ林葉元刑事課長が依願退職後に事業で成功したことを知ったんじゃないのかな。誤認逮捕という失態を演じた元刑事課長は運に恵まれて、成功者になったわけですよね？」

「そうだな」

「それに引き替え、ひどい目に遭《あ》わされた牧は会社に居づらくなって、『東西リサーチ』という怪しげな探偵社に再就職せざるを得ませんでした」

「そうだね」

「牧は理不尽だと感じて、林葉武彦に少しまとまった詫《わ》び料を払えと迫ったんじゃないんでしょうか。しかし、まともに相手にされなかったのかもしれません」

「それで?」

「牧は、林葉の会社の大きな不正を嗅《か》ぎつけたんじゃないんですかね。そして、億前後の巨額を要求してた。林葉は繰り返し強請《ゆす》られることを恐れ、第三者に牧慎也を抹殺《まっさつ》させたのかもしれませんよ。推測、いいえ、臆測にすぎませんが、そういうストーリーも成り立つ気がするんです。どうでしょう?」

「専従班の報告によると、牧は自分を四年前の強盗殺人事件の犯人扱いした林葉武彦をだいぶ恨んでたようだよ」

「それなら……」

「せっかちだね。話はまだ終わってない」

　大久保が苦笑した。

「あっ、ごめんなさい！」

「元刑事課長は功を急いで誤認逮捕したことを深く反省して、牧夫妻宛に分厚い詫び状を送ったらしいんだ」

「そ、そうなんですか⁉」

「それだけではないんだよ。林葉武彦は牧の人生を台なしにしてしまった償《つぐな》いとして、毎月、自宅の郵便ポストに現金二十万円入りの封筒を投げ込んでたんだ。もちろん差出人の名は書かなかったそうなんだが、牧も妻も林葉がポスティングしたと察したらしい。それで、牧の林葉に対する怒りや憎しみは次第に薄れたようなんだよ」

「そんなことがあったんですか。そうなら、ぼくの筋の読み方は外れなんでしょう。余計なことを言ってしまいました。勘弁願います」

勝又が頭を垂《た》れた。

「よしなさい。きみの読み筋が間違ってたかどうかはまだわからない。人間の心理メカニズムは単純じゃないようだからね。いったんは赦《ゆる》した事柄も、何かの弾みで怒りがぶり返すことがある」

「ええ、そういうことはありますよね。しかし、ぼくの推測は当たってないと思います。多分、外れてますよ」

「しょげることはない。まだ、きみらはこれまでの捜査資料や鑑識写真にも目を通してないんだ。じっくり関係調書を読み込んで、支援捜査に取りかかってくれないか」

大久保が卓上の黒いファイルを配りはじめた。配り終えると、本家の係長は分室から去った。

「資料を読み込もう」

能塚室長が言って、すっくと立ち上がった。

尾津たち三人もファイルを手にして、自分の机に歩《ほ》を進めた。

4

大半が死体写真だった。

尾津は自席に向かうと、まず鑑識写真の束《たば》を手に取った。

それは、いつものように捜査ファイルの表紙とフロントページの間に挟み込んであった。三十葉《よう》ほどだった。

尾津は鑑識写真を二度ほど眺めた。一度だけでは、何かを見落とすことがあった。

牧は路上に俯《うつぶ》せに倒れ込んでいる。左の太腿の裏側のスラックスに小さな穴が開き、その周辺には血糊《ちのり》が凝固《ぎょうこ》していた。被害者の両手の指は、路面を掻き毟《むし》る形で静止している。

猛毒のクラーレが血管内に流れはじめたとき、苦しみを覚えたのではないか。出血量は驚くほど少ない。凶器の婦人用雨傘の先端は手早く引き抜かれたのではないか。

遺体のそばには、ビジネス鞄《バッグ》が転がっている。加害者は、牧の所持している物を検《あらた》めてはいないようだ。

尾津は鑑識写真に目を通すと、事件調書の頁《ページ》を繰《く》りはじめた。

事件現場は品川《しながわ》区大崎二丁目の外れだった。住宅密集地だが、現場の脇は空き地になっていた。道路の反対側は月極《つきぎめ》駐車場になっている。街灯の光が届かない裏通りだ。

加害者は人目がないことを確かめ、犯行に及んだのだろう。被害者は傘の先で左脚を刺された瞬間、呻き声を発したと思われる。

だが、付近の住民は被害者の声を誰も耳にしていない。犯行を目撃した者もいなかった。住宅密集地の裏通りでありながら、そうしたケースは特に珍しくもない。それだけ、都会にはさまざまな生活音が重なり合っているのだろう。

事件通報者は、現場の近くのワンルームマンションに住む二十八歳のサラリーマンだった。路上に倒れている被害者に気づき、自分のスマートフォンで事件通報した。一昨年七月五日の午後十一時二十八分だった。

先に現場に到着したのは救急車だったが、被害者の心肺はすでに停止していた。数分後、大崎署の地域課と刑事課の警察官が臨場《りんじょう》した。その次に警視庁機動捜査隊初動班の面々が現場を踏んだ。

検視後、被害者の遺体はいったん所轄署に安置された。その翌日、東大法医学教室で司法解剖された。午前中だった。

死亡推定日時は、七月五日午後十時から同十一時十分の間とされた。死因は、骨格筋麻痺による心不全だった。

尾津はセブンスターを喫《す》いながら、関係調書の文字を追いつづけた。

被害者宅は、世田谷《せたがや》区三宿《みしゅく》一丁目にある。帰宅途中で殺害されたわけではなかった。なぜ牧は、現場の夜道を歩いていたのか。その点については、これまでの捜査では明らかになっていない。

捜査本部と本家の専従班の調べでも、その謎は解けなかった。事件現場付近に親族や友人は住んでいない。

被害者は妻に気づかれないよう細心の注意を払って、浮気をしていたのだろうか。それとも、恐喝相手の自宅かオフィスを訪ねた帰りだったのか。

尾津は煙草《たばこ》の火を灰皿の底で揉み消し、四年前の九月二十八日に起こった強盗殺人事件の関係調書を読みはじめた。

牧がかつて連日のように通っていたパチンコ店『ラッキーランド』は、西五反田二丁目にある。JR五反田駅前の歓楽街の中ほどで営業している。店の景品交換所は通りを挟んで反対側にあった。

景品交換所の従業員は、ひとりしかいなかった。四年前に刺殺された米倉佐和子《よねくらさわこ》は、享年五十七だった。

佐和子は三十代前半で夫と死別し、女手ひとつで二人の子供を育て上げた。働き者で、人情味があった。パチンコ店主には頼りにされ、従業員たちには母親のように慕《した》われていたようだ。

大崎署に設けられた捜査本部は念のため、米倉佐和子の私生活を密《ひそ》かに洗った。生活ぶりは質素で、借金もなかった。交際している男性もいなかったようだ。

パチンコ店の常連客とは親しく接していたが、犯人を手引きした疑いはまったくなかった。強盗殺人犯は景品交換所に押し入るなり、無言で刃渡り十八センチのサバイバルナイフで佐和子の心臓部を貫《つらぬ》いた。そして現金千二百万円を奪って、桜田《さくらだ》通り方面に逃走した。

　捜査本部は犯人の逃走ルートの割り出しに力を注《そそ》いだが、結果は虚《むな》しかった。唯一の遺留品が牧慎也のセカンドバッグであることを調べ上げ、まず別件で身柄を拘束した。その後、強盗殺人容疑で捜査当局は牧を再逮捕したわけだ。

　牧は店内でセカンドバッグを何者かに持ち去られたと一貫して主張し、強盗殺人は強く否認した。立件材料が揃わないことで、捜査本部は牧を釈放せざるを得なかった。

　事件調書に明記はされていないが、当時、大崎署の刑事課長だった林葉武彦が署長や本庁の担当管理官を説得して牧の身柄を押さえたと思われる。

　四年の歳月が流れたが、強盗殺人事件は未解決のままだ。大崎署の捜査本部は捜査を続行しているが、規模は年ごとに縮小された。第二係の継続班が支援捜査をしているが、特に成果は出ていない。

「米倉佐和子の遺族は、警察がたるんでると怒ってんじゃねえかな。ね、尾津さん？」

　白戸が捜査資料ファイルを畳んだ。

「そうかもしれないな」

「もう事件から四年以上も経《た》ってるのに、容疑者を絞り込めないなんてね。怠慢《たいまん》だと言われても、仕方ないんじゃないかな」

「景品交換所に設置されてた防犯カメラが事件のあった三カ月前に故障して、そのままにしていたというのは不運だったね。防犯カメラがちゃんと作動してりゃ、とうに容疑者は特定できてたはずだ」

「そうだね。牧慎也も疑われずに済んだと思うよ」

「ああ、そうだろう。調書によると、米倉佐和子は防犯カメラが故障してることに気づいて、すぐに北沢勇造《きたざわゆうぞう》って店長に言ったようだな。店長は何かと忙しかったんだろうが、すぐ防犯カメラの修理を頼まなかった」

「その北沢って店長は、事件があった数日後に仕事を辞めてるね。現金千二百万円をかっぱらわれて米倉佐和子も殺されたんで、北沢店長は責任を感じたんだろうな」

「そうなんだと思うよ」

「ちょっと話に割り込んでもいいかな」

勝又主任が尾津に声をかけてきた。

「ええ、どうぞ」

「店を辞めた北沢店長が犯人《ホシ》を手引きしたとは考えられないかね？　パチンコ店の店長は売上が少しでも落ちると、オーナーに叱《しか》られるみたいだよ。『ラッキーランド』の経営者の松岡忠久《まつおかただひさ》はキャバレーのボーイから事業家になった人物だから、数字にはうるさかったようじゃないか。元ホール係の男が初動の聞き込みの際《さい》、そう証言してる」

「確かに、そういう記述がありましたね」

「北沢という元店長はオーナーに数字をもっと上げろと言われつづけてたんで、厭気《いやけ》がさしてたんじゃないのかな」

「で、誰かと共謀して景品交換所にある大金を奪う気になった？」

「そう疑えないこともないと思うんだよ。尾津君、どうだろう？」

「北沢がギャンブルか何かで大きな借金を作ってたとしたら、そういうことも考えられるでしょうね」

「理由はわからないけどさ、店長だった北沢は金に困ってたんじゃないのかな。景品交換所の防犯カメラが故障してると米倉佐和子から聞いたとき、大金をいただくチャンスが到来したと思ったんじゃない？」

「そうなんですかね」

「尾津君、よく考えてみてよ。店長が佐和子の報告を忘れてたとしたら、管理能力がないってことになる」

「ええ、そうですね」

「北沢は、佐和子から聞いた話を忘れてなんかなかったはずだよ。実行犯とどういう繋《つな》がりがあるのかわからないけどさ、強奪金はきれいに折半《せっぱん》にしようと話を持ちかけたんじゃないか？　店長をやってたわけだから、北沢は景品交換所に毎日、一千万円前後のキャッシュがあることは知ってたにちがいない」

「当然、知ってたでしょうね。しかし……」

尾津は、勝又の筋の読み方にはうなずけなかった。関係調書によると、当時四十二歳だった北沢勇造には育ち盛りの子供が三人いたはずだ。二つ年下の妻は専業主婦だった。誰かと結託《けったく》して千二百万円を奪って山分けしたとしても、六百万円しか手にできない。仕事を辞めても、すぐに次の仕事にありつける保証はないだろう。無職のままだったら、〝臨時収入〟は一年そこそこで喰い潰してしまうのではないか。

子育て中の四十男が捨て鉢になって、現金強奪を企《くわだ》てるとは考えにくい。北沢は自分の管理能力に問題があることを自覚したのではないか。米倉佐和子を死なせる結果になったことで自分を責め、職を辞する気になったのかもしれない。

「尾津君は、北沢勇造は別に後ろ暗いことはしてないと思ってるみたいだね？」

「ええ、まあ」

「そう。白戸君は、どう考えてるのかな？」

「『ラッキーランド』で店長をやってた北沢はシロでしょ？」

「そう判断したのは、どうしてなんだい？」

「北沢はパチンコ屋を辞めて四カ月後には石材店に就職して、墓石のセールスをしてる。本家の専従班の再聞き込みで、そのことがちゃんと記述されてたでしょ？」

「えっ、そうだった？　ぼく、うっかり読み飛ばしちゃったみたいだな」

勝又が頭を掻く。白戸が指摘した通りだった。

尾津もその箇所を読み流してしまい、北沢が墓石のセールスをしていることまで記憶に留《とど》めていなかった。転職先のことを考えると、『ラッキーランド』の元店長は米倉佐和子を凶悪事件の被害者にしてしまった責任を重く受け止めたようだ。そんなことで、石材店に再就職したのだろう。

「おまえは、調書の読み方がラフだな」

能塚室長が勝又に棘《とげ》のある言葉を吐いた。

「たまたま読み飛ばしただけですよ」

「勝又、〝みずいろクローバーZ〟の動画をこっそり観《み》ながら、事件調書を斜め読みしてたんじゃないのか。え？」

「一応、ちゃんと目を通しましたよ。それより、室長はまたユニット名を間違えてますっ。みずいろじゃありません。ももいろですから！」

「小さなことに拘《こだわ》る男は大成しないぞ。それから、女にもモテないな。だから、四十過ぎても……」

「上司だからって、私生活にまで立ち入るのはよくないですよ。ぼくは女性に好かれるタイプじゃありません。ですが、別に室長に迷惑かけてるわけじゃないでしょ？」

勝又が切り口上で言った。

「面倒臭い奴だな。ああ言えば、こう言う。おまえの屁理屈を聞いてる暇はない」

「室長は形勢が不利になると、いつもそうやって逃げる。卑怯《ひきょう》ですよ」

「卑怯だと⁉ おれは生まれてこの方、ずっと真っすぐに生きてきたぞ」

「二人とも、まるでガキだな」

白戸が呆《あき》れ顔で言った。

思わず尾津は吹き出しそうになった。能塚と勝又の漫才めいた遣《や》り取《と》りは、実にコミカルだった。どちらも真顔《まがお》で言い合っているが、いつも諍《いさか》いの因《もと》は実に他愛なかった。

「白戸にからかわれるから、このへんで休戦だ。でもな、おれの勘では北沢勇造は四年前の強盗殺人事件にはタッチしてないよ」

「室長の勘はちょくちょく外れますよね？」

「勝又、おまえはおれと殴り合いたいのかっ。売られた喧嘩は買うぞ。男は死ぬまで、やんちゃでいたいからな」

「能塚さん、そろそろ割り振りを……」

尾津は、さりげなく話の腰を折った。ストレートに仲裁に入ったら、室長と主任はきまりが悪くなるだろう。

「おっ、そうだな。尾津は白戸と一緒にまず牧の家《ヤサ》に行って、未亡人の七海に会ってみてくれ。捜査資料によると、牧七海はパートで午後から惣菜屋の店員をしてるらしい。午前中は、まだ自宅にいるはずだ」

「わかりました」

「牧の奥さんから何か新情報を得られたら、その流れで動いてもらってもいいよ。それでな、その後は牧が働いてた『東西リサーチ』の畑中社長と会ってくれないか。できたら、同僚だった調査員たちからも情報を集めてほしいな」

「そうしましょう。室長たちは？」

「おれは勝又と一緒に牧が殺《や》られた現場周辺で聞き込みをして、大崎署で刑事課長をやってた林葉武彦に関する情報を集める」

「能塚さんは、牧の身柄を強引な形で拘束した林葉が四年前の強盗殺人事件の謎を解くキーマンと考えてるんですか？」

「そういうわけじゃないんだが、ベテラン刑事にしてはやり方が強引すぎるだろ？」

「ええ、そうですね。別件逮捕もそうですが、本部事件でも正式に逮捕状を請求してます。何がなんでも牧を強盗殺人犯に仕立てようとしたんではないかと疑いたくなります」

「そうなんだよな」

「能塚さん、そのことなんだけど、所轄の刑事課長が署長や本庁《ホンブ》の管理官をよく説得できたよね。おれ、そのことにちょっと引っかかってるんだ」

白戸が室長に言った。

「おれも、そのことを不思議に思ったよ。当時の署長は準キャリアだったし、捜査本部に出張《でば》ってた管理官はI種試験に通った警察官僚《キャリア》だ」

「いくら林葉がベテラン刑事でも、所詮《しょせん》は一般警察官《ノンキャリア》です。勇み足を踏みそうだと感じたら、どっちかがストップをかけると思うんだけどな」

「外部から警察庁《サッチョウ》に圧力《アッ》がかかってたんだろうか」

「そうかもしれないね」

「尾津、どう思う？」

能塚が問いかけてきた。

「そういうことも考えられますね。しかし、どうなんだろうか。キャリアや準キャリはそれぞれ数年は現場捜査に携わってますが、経験年数ではベテランとは言えません」

「ああ、そうだな」

「それだから、長く現場捜査をしてきたベテラン刑事の読んだ筋はほぼ正しいという思い込みがあるんじゃないですか?」

「うん、考えられるな。いや、きっとそうにちがいない。おれ自身の体験でも、見当外れの推測をしてる理事官や管理官に『そうじゃない』と反論してきたからな」

「室長なら、それぐらいのことは言ったでしょうね」

「まあな。けど、こっちの筋読みが毎回正しいわけでもない。そんなことで、一度、誤認逮捕をやらかしちまったんだ」

「人間は機械じゃないんです。まったくミスをしない者なんかいないでしょ? コンピューターだって、誤作動するんですから」

「尾津は女たらしだが、優しい奴だね。それはともかく、林葉は刑事の勘で牧が怪しいと睨んだんだろう。遺留品のセカンドバッグは牧の持ち物だった。パチンコ景品交換所からは牧の指掌紋や足跡は出なかったんだが、充分に疑わしいと判断したんじゃないか」

「そうだったんでしょうね」

「現場捜査のベテランがそういう見方をしてたら、署長や担当管理官は強くは反対できなかったのかもしれないな。それで牧はまず別件でしょっ引かれ、本部事件で再逮捕された。しかし、地検に送致できるだけの証拠が揃わなかった。だから、牧は釈放《パイ》されたわけだ」

「林葉武彦は牧を強盗殺人事件の被疑者として逮捕したことを深く反省してるようじゃないですか」

「匿名で毎月二十万円入りの封筒を牧宅の郵便受けに投げ入れてることが調書に載ってたから、勇み足を踏んでしまった事実を心から悔んでるんだろうな」

「多分、そうなんでしょう」

「そうなら、捜査当局が外部の圧力に抗《こう》し切れなくなって、牧に濡衣を着せようとしたんじゃないいな」

「そう思いますが、依願退職した林葉はすぐに中古重機販売会社を興《おこ》してますが、退職金と貯《たくわ》えだけで開業資金を賄《まかな》えますかね。おれは、そのことに少し引っかかってるんですよ」

「警察OBの何人かが警備保障会社や運送会社を設立して、大成功してる。林葉はそういった先輩たちの資金援助を受けて、事業を手がけるようになったんじゃないのか」

「そうだったのかな」

尾津は口を閉じた。それを待っていたように、勝又が室長に訴えた。

「たまには、白戸君か尾津君とコンビを組ませてくださいよ。能塚室長が相棒だと、気が休まるときがありません」

「どっちかと組ませたら、おまえは職務を放棄《ほうき》してアイドルユニットのコンサートに行きそうだからな。だから、おれが勝又を監視する必要があるわけさ」

「過去に何度か、そういうことをした事実を否定する気はありません。そのころは、まだ〝ももいろクローバーZ〟の人気も不動とは言えなかったんですよ」

「だから、応援に駆けつけてやりたかったってわけか？」

「その通りです。しかし、その後、ぼくは猛省したんですよ。ぼくら地方公務員は税金で食べさせてもらってます。そのことに感謝して、しっかり職務にいそしもうと考えを改めたんです」

「いい心掛けじゃないか。精一杯、働いてくれ。とりあえず、覆面《メン》パトの運転を頼む」

「無理だったか」

「おまえたちはスカイラインを使ってくれ」

能塚が尾津に指示した。尾津はうなずいて、白戸に目配せした。

二人は捜査ファイルを小脇に抱え、ほぼ同時に椅子から立ち上がった。

第二章　悪徳探偵たち

1

遺影は笑っていた。

尾津は線香を手向《たむ》け、合掌した。三宿にある牧宅の和室だ。賃貸マンションの五階である。間取りは3LDKだった。

尾津の斜め後ろには、白戸と牧七海が正坐している。

八畳の和室だ。仏壇はコンパクトな造りだった。

尾津は合掌を解いた。未亡人の七海に一礼して、仏壇から離れる。すぐに白戸が遺影の前に坐った。正坐だった。

「わざわざありがとうございました」

七海が畳に三つ指をついて、礼を述べた。

「供物《くもつ》も用意せずに申し訳ありません」

「いいんですよ。線香を手向けていただけるだけで、それで充分です」

「失礼します」

尾津は七海に断って、座卓に向かった。

「あっ、どうぞ楽になさってください。足を崩してください」

「ええ、しかし……」

「どうぞ、どうぞ」

七海が言って、手早く茶を淹《い》れる。二人分だった。

尾津が胡坐《あぐら》をかいた。白戸が向き直って、尾津の横に腰を落とす。胡坐だった。七海が座卓の向こう側に坐った。

「夫が亡くなって、もう二年三カ月も経《た》ったんですね。警察から牧が殺されたという連絡を受けたのは、少し前だった気もするんですけど……」

「まだ犯人が捕まらないんで、もどかしく思われてるでしょうね？」

尾津は言った。

「正直に言いますと、少しね」

「力不足で申し訳ありません。捜査本部と二係の専従班はベストを尽くしてるんですが、捜査が思うように進まないんですよ」

「捜査本部の方にそう聞いてます。でも、あなた方が増員されたとうかがって、心強くなりました」

「頑張ります。また同じ質問に答えていただかなければならないんですが、よろしくお願いしますね」

「はい。粗茶ですけど、どうぞ」

七海が卓上の茶托《ちゃたく》を来客の前に置いた。

「いただきます。早速ですが、事件当夜、牧さんが大崎二丁目の裏通りを歩いていた理由が不明なんですよ。奥さん、何か思い当たりませんか?」

「同じ質問を複数の刑事さんにされましたけれど、思い当たることはないんですよ。あのへんに血縁者、友人、知り合いは住んでませんからね」

「やっぱり、そうですか。思い出したくないでしょうが、確認させてください。ご主人は四年前に誤認逮捕されたことで、前に勤めていた事務機器販売会社をお辞めになったんでしたね?」

「そうです。別件で逮捕されるとき、職場に覆面パトカーが四台も来たらしいんですよ。

それで、上司や同僚たちが夫の陰口や根も葉もない噂を……」

「ご主人、辛かったでしょうね。賭け麻雀をやったことは事実でも、取り調べ中に強盗殺人容疑で再逮捕されたわけですから」

「夫は逮捕状を突きつけられても、すぐに意味がわからなかったそうです。五反田の『ラッキーランド』でパチンコをしてたことは確かだけど、景品交換所から大金を盗んでないし、もちろん女性従業員も刺し殺してませんでしたんでね」

「わけがわからなかっただろうな、牧さんは」

白戸が緑茶を啜《すす》ってから、話に加わった。

「ええ、夫はそう言ってました。でも、牧のセカンドバッグがパチンコ景品交換所の中に落ちてたんで、疑われてしまったわけです」

「ご主人はパチンコに熱中してるときに誰かにセカンドバッグを盗まれたと一貫して犯行を強く否認した」

「ええ、そうです。証拠不十分ということで、二日後には釈放されましたけどね。当時、大崎署の刑事課長をされてた林葉武彦さんが勘で夫が強盗殺人事件の容疑者と感じたんで、とにかく身柄を拘束したかったようです」

「とんだ災難でしたね」

「ええ。夫もわたしも、林葉さんを刑事告訴する気だったんです。ところが、夫が釈放された晩に林葉さんがひとりでやってきて、いきなり土下座したんです。なかなか頭を上げようとしませんでした」

「そんなことで、ご夫婦は振り上げた拳《こぶし》を下ろしてしまったのか」

「林葉さんは涙を流しながら、幾度も自分の軽率さを詫びました。そして誤認逮捕の件では責任を強く感じてるんで、依願退職する決意をしたとおっしゃったの」

「だから、水に流す気になったんですね」

「そうなんです。林葉さんは心底、早とちりしたことを後悔してたんでしょう。依願退職して中古重機の販売会社を興されて数カ月が過ぎたころから、毎月、うちの郵便受けに二十万円入りの封筒を投げ込むようになったんです。差出人の名は記《しる》されてませんでしたし、添え文も入ってなかったんですけど」

「現金入りの封筒を投げ込んでたのが林葉と思ったのは、どうしてなのかな？　ご夫婦で集合郵便受けの近くで張り込んでて、林葉がポスティングするとこを目撃したんですか？」

「いいえ、そうじゃないんです。夫と代わる代わるに十数回張り込んでみたんですけど、匿名の贈り主の正体を突きとめることはできなかったの。でも、林葉さんしか考えられなかったんですよ。勇み足を踏んでしまったことを繰り返し謝ってたんでね」

「なるほど……」

「でも、示談金めいたお金を受け取るわけにはいかないんで、夫が林葉さんの所に預かっていた六十万円を返しに行ったんです。でも、林葉さんは自分には身に覚えがないとおっしゃったそうです」

「カッコいいね。そういう話を聞くと、林葉武彦は本当に早とちりしたことを悔やんでるようだな」

「そうなんだと思います」

会話が途切れた。

尾津は一拍置いてから、七海に話しかけた。

「ご主人は前の会社を辞めてから、熱心に職探しをしたようですね？」

「ええ。ハローワークに行って、あらゆる求人誌に目を通してました。二十数社の面接を受けたんですけど、どこからも採用通知はきませんでした」

「で、『東西リサーチ』で働くようになったわけですね？」

「そうなんです。新聞の求人欄を見て面接を受けたら、その場で採用されたんですよ。夫は、とても喜んでました。息子の教育費なんかもかかるようになりますんで、一日も早く新しい仕事に就《つ》きたいと焦《あせ》ってたんですよ」

「妻子を背負ってるわけだから、そうでしょうね。給与面では、どうだったんでしょう？」

「以前の会社よりも少し年収は下がりましたけど、夫は新しい仕事に興味があったようで……」

「生き生きと働きはじめたわけか」

「そうなんです。営業職とは勝手が違うんで、最初は戸惑《とまど》ってましたね。でも、だんだん調査の仕事に馴《な》れてくると、人間の裏面が覗けて興味深いと言うようになりました」

「もっぱら素行調査をしてらしたようですね？」

「大半は、いわゆる浮気調査だったみたいですよ。貞淑《ていしゆく》な若い人妻がネットのブログを通じて知り合った大学生と昼間、ホテルで密会してたり、堅物《かたぶつ》で知られた校長が生徒の母親と不倫してたりしてたらしいんです。調査対象者を尾《つ》けたり、張り込んだりするのはスリリングだと愉《たの》しげに言ってたんですけどね」

「そうですか。ご主人の給料が前の会社よりも少しダウンしたということでしたが、転職後は一家で年に二回はハワイに行き、全国のレジャー施設にも遊びに行かれてたようですね？」

「それが何か？」

七海が挑《いど》むような眼差《まなざ》しを向けてきた。

「旅費宿泊費が、ばかにならないでしょ？」

「夫は売上に貢献してるということで、ほとんど毎月、社長賞を貰ってたんです。金一封は、いつも十万円でした。そうした臨時収入をプールしといて、レジャー費に充《あ》ててたんですよ」

「奥さんは、『東西リサーチ』の社長のことをよく知らないようだな」

尾津は言って、日本茶で喉を湿らせた。

「畑中社長は何か法律に触れるようなことをしてるんですか!?」

「その疑いはゼロではないと思います。畑中は探偵社を興す前は、会社整理屋だったんですよ。わかりやすく言うと、元経済やくざですね」

「本当ですか!?　信じられません。夫の話では、畑中社長は社員たちを身内のように大事にしてくれてたようですから」

「アウトローたちは身の回りにいる人間には案外、優しいもんです。侠気《おとこぎ》も発揮します。ですんで、目をかけてる連中には頼りにされてるようですよ」

「『東西リサーチ』は浮気調査だけではなく、家出少女を捜したり、痴呆《ちほう》症の徘徊《はいかい》老人たちの居所を突きとめてたはずです。それから、何かで音信不通になってしまった旧友の現住所も調べ上げてましたよ」

「そうした依頼もあったでしょうが、件数はそれほど多くなかったと思います」

「そうかもしれませんが、調査の仕事を真面目にこなしてたんじゃないかしら？」

「浮気調査を一週間前後で片づければ、依頼人から四、五十万円は貰えるでしょう。しかし、社員ひとりでは尾行も張り込みもできません。何人かがチームを組んで、調査に当たってるはずです」

「そうみたいですよ。そのことを生前、夫から聞いてました」

「そうですか。仮に不倫調査の依頼が月平均三十件あったとしても、月商は千二百か千五百万円です。粗利《あらり》が四割だとすると、四百八十万から六百万円になる。その中から二十人近い社員の月給を払わなければならないわけです。優秀な調査員何人かに〝社長賞〟の金一封を月々渡してたとなると、畑中社長の取り分はありません。そんな赤字会社をいつまでもつづける経営者はいないでしょ？」

「そうだからって、『東西リサーチ』が何か悪事に手を染めてるということにはならないんじゃありません？　畑中社長は別のビジネスで大きな利潤を上げて、『東西リサーチ』の赤字を補ってたのかもしれないでしょ？」

「ご主人から、畑中社長が何かほかの商売をしてると聞いたことは？」

「ありません」

「だとしたら、畑中憲義は一部の社員とつるんで非合法ビジネスをやってるのかもしれませんよ」

「非合法ビジネスというと……」

「恐喝の類《たぐい》だろうな」

　白戸が先に答えた。

「ま、まさか⁉」

「奥さん、考えられないことではありません。おれ、いや、わたし、以前は組織犯罪対策部にいたんですよ。暴力団関係者の犯罪を取り締まってたんだけど、足を洗った組員が何十人も探偵社をやりはじめた。でも、たまに舞い込む素行調査だけではとても喰えない。そんな事情があって、恐喝で喰うようになった元やくざもいるんですよ」

「そうかもしれませんが、畑中社長は分別《ふんべつ》のある年齢ですよ。昔、アウトローだったからって、いまもダーティーなことで荒稼ぎしてると考えるのは偏見だと思うわ」

「偏《かたよ》った見方だと言われれば、その通りだね。でも、人間は喰わなきゃならない。二十人近くいる社員にまともな調査だけでは給料が払えないとなれば、不倫カップルの双方から口止め料を脅し取ることぐらいは……」

「牧も恐喝の片棒を担いでたんではないかとおっしゃりたいのね？」

七海が険《けわ》しい表情で白戸を睨んだ。

「うへえ、おっかねえ！　奥さん、冷静になって考えてみてくださいよ。ご主人は毎月のように、畑中から金一封を貰ってたんでしょ？」

「ええ、まあ」

「それも、金額は十万円だった。それを聞いたら、たいがいの人間は牧さんが何か悪事の片棒を担がされてたんじゃないかと疑うと思いますよ」

「主人は四年前までパチンコに溺《おぼ》れて、消費者金融から借金してましたけど、とうに返済を終えてます。悪いことをしてまで収入を増やしたいと考えるわけありませんよ」

「金には魔力がある。つい金銭欲に駆られてしまうこともあるでしょ？　いくら金があっても、邪魔だと思う人間は多くないんじゃないのかな？」

「そうでしょうけど……」

「白戸、そろそろ失礼しよう」

尾津は言った。白戸が驚いたような顔を向けてくる。

かまわず尾津は腰を上げた。相棒が倣《なら》う。

未亡人は引き留《と》めなかった。尾津は謝意を表し、和室を出た。リビングルームを横切って、二人は玄関ホールに向かった。

被害者宅を出てから、尾津は小声で相棒に語りかけた。

「遺影の前に置かれてた男物の腕時計を見たか？」

「薄型の腕時計があったな」

「あれはピアジェの薄型時計だよ。新品なら、三百万円近いはずだ」

「小さな探偵社で働いてた牧が、おいそれとは買えない代物《しろもの》だな。やっぱり、牧は何か犯罪の片棒を担いで、給料のほかに収入があったんだろうね」

「そう考えてもよさそうだな。社長賞というのは牧が考えた作り話で、臨時収入の一部を金一封と称して女房に毎月のように渡してたのかもしれないぞ」

「それ、考えられるね。尾津さん、ちょっと待ってよ」

白戸がエレベーターホールの手前で、急に立ち止まった。

「おれの読みはおかしいか？」

「そういうわけじゃないんだけどさ、牧が畑中社長とつるんで恐喝か何かで別収入を得てたとしたら、少しまとまった遺産があるんじゃない？　生命保険金も下《お》りただろうから、かみさんはパートで働きにいく必要はないと思うんだよね」

「牧は疚《やま》しさがあったんで、汚れた金を自宅に隠しておく気にはなれなかったんじゃないか」

「そういうことなのかな。それなら、女房の知らない銀行口座に隠し金がプールされてるんだろうね」

「そうしたのかな。牧は信用できる人間にダーティー・ビジネスで得た金の多くを預けてあるんじゃないか」

「そいつは牧が死んだんで、隠し金をそっくりネコババした？」

「そうかもしれないし、汚れた金を預かった者は牧から絶対に勝手に中身を見るなと言われてたとも考えられるな」

「そうだったとしても、牧が亡《な》くなったんだから、預かった荷物を奥さんに渡しそうだが……」

「手触りで、中身は札束だと察したんじゃないのかね。それだけじゃなく、牧が不正な手段で隠し金を得たと感じ取ったんだろう」

「そうなら、被害者の妻には渡せないな。故人の親兄弟にも預かった物を届けられないよね？」

「そうだな。専従班のメンバーが長野県の松本《まつもと》市にある牧の実家に足を運んだはずだが、捜査資料に両親が息子か、その知り合いから何かを預かったという記述はなかったと思うが……」

「なかった、なかった。確か牧は二人きりの兄妹《きょうだい》だったな。えーと、妹の名前は美玲《みれい》だったと思う」

「白戸、急に記憶力がよくなったな」

「茶化さないでよ。偶然におれと同《おな》い年で独身だったんで、憶えてたんだ」

「おまえは、根っからの女好きなんだな。しかし、牧美玲の職業までは頭に残ってないだろう？」

「いや、わかるよ。美玲は大手化粧品会社の美容部員で、都内のデパートを回って後輩社員たちに接客指導をしてるって記《しる》されてたな。住まいは、東急大井町《とうきゅうおおいまち》線の戸越公園《とごしこうえん》のあたりだった気がするな」

「おまえ、事件関係者の血縁の独身女性にまで言い寄ろうとしてるんじゃないのか？」

「おれ、素人の女を口説《くど》く気はないですよ。そんな娘《こ》にうっかり手を出したら、しつこく結婚を迫られるかもしれないでしょ？」

「その恐れはあるな。いい女がたくさんいるのに、いまから年貢《ねんぐ》を納める気にはならないか」

尾津は言いながら、元美人SPの深町杏奈のことを頭に思い描《えが》いていた。どうやら本気で杏奈に一目惚れしてしまったらしい。

「四十四、五までは、いろんな花の蜜を吸いたいな。ひょっとしたら、一生、ひとりの女に絞れないかもしれないね。尾津さんも同じでしょ？」

「おれは、そのうち電撃的に結婚するかもしれないぞ」

「おっ、どこかの誰かにのめり込みはじめてるのかな？」

「そういう女がいるわけじゃないが、そんな予感もしてるんだ」

「惚れた女ができたな。どこの誰なんです？」

「勝又主任には内緒だぜ。実はな、〝ももいろクローバーZ〟のひとりにハートを奪われちまったんだ」

「うまく逃げましたね。ま、いいか。新橋《しんばし》にある『東西リサーチ』に行って、畑中社長に探《さぐ》りを入れてみようよ。元経済やくざが何人かの社員と共謀して、何か悪さをしてそうだからさ」

白戸が提案した。尾津は黙ってうなずき、エレベーター乗り場に急いだ。

2

ドア越しに男の怒声が聞こえた。

エレベーターの函《ケージ》を出た直後だった。新橋の雑居ビルの三階である。『東西リサーチ』のあるフロアだ。

尾津は白戸に目で合図し、忍び足で探偵社のドアに接近した。巨漢刑事が従《つ》いてくる。

「出直してくださいよ。社長の畑中は本当にまだ出社してないんですから」

「なら、待たせてもらう」

「吉岡《よしおか》さん、それは困ります。いったんお引き取りください」

「あんたはまだ二十代なんだろ?」

「ええ。それが何か?」

「いつまでも悪徳探偵社なんかで働いてたら、精神が腐り切ってしまうぞ。『東西リサーチ』は調査対象者の弱みにつけ込んで、恐喝を働いてるんだからな」

「小社はそんなことやってませんよ。まともに素行調査をしてます、良心的な料金でね」

「空とぼけるつもりかっ。あんたも依頼された調査対象者から多額の口止め料をぶったくってるんだろうが！」

「失礼なことを言うんだな。わたしはそんなことしてません」

「あんたが言った通りなら、畑中は一部の社員を抱き込んで強請《ゆすり》をやらせてるようだな」

「それ、本当の話なんですか⁉」

「もちろんだよ。社長と一部の社員たちが恐喝容疑で逮捕されたら、この探偵社は潰れるだろう。あんたが後ろめたいことを本当にしてないんだったら、早めに転職するんだね」

「吉岡さん、さっきの話は事実なんですか？」

「作り話なんかじゃない。わたしが先月、妻の素行調査を頼んだことは知ってるね？」

「はい。わたし自身は、その調査には加わっていませんが……」

「妻が高校の同窓会で憧れだった一級上の先輩と久しぶりに再会して、不倫の仲になったのは調査報告書通りなんだろう」

「担当調査員は、動かぬ証拠を動画撮影してますんでね。同窓会がきっかけで、かつての級友だった男女が不倫に走るケースが割に多いんです。結婚生活が十年、十五年ともなれば、新婚時代とは違ってきますからね」

「そんな話は聞きたくもないっ」

「あっ、すみません！」

「わたしの妻が浮気をしてた証拠を押さえてくれたことには感謝してるよ。慰謝料を払わなくても、離婚可能だからね」

「しかし、奥さまは吉岡さんが部下のＯＬと二年も不倫関係にあった事実を切り札にして、離婚には応じられないと言いだされたんでしょ？」

「そうなんだ。腹立たしいが、こちらにも弱みはある。そんなことで、わたしたち夫婦はやり直す方向で話し合いがついたんだ」

「その話は、さっきうかがいました。そんなときに、正体不明の脅迫者が吉岡さんの自宅の固定電話に……」

「そう。女房の不倫のことを会社の同僚や取引関係者に知られたくなかったら、一千万円出せと脅迫してきたんだよ。発信先は公衆電話だった。声が聴き取りにくかったから、おそらくボイス・チェンジャーを使ってたんだろう」

「吉岡さん、それだけのことで小社が恐喝に関わってると極《き》めつけるのはいかがなものでしょうか」

「妻の不倫を知ってるのは、『東西リサーチ』の人間だけなんだ。ひょっとしたら、脅迫電話をかけてきたのは社長の畑中なのかもしれないな。畑中は以前、経済やくざだったらしいからね」

「えっ、そうなんですか⁉」

「あんた、そんなことも知らなかったのか。無防備な生き方をしてるな。そのうち言葉巧《たく》みに悪事に引きずり込まれるぞ」

「まいったな。割に発行部数の多い求人誌に『東西リサーチ』の広告が載ってたんで、おかしな会社だとは思わなかったんですよ」

「甘いな。世の中、落とし穴だらけだぞ。余談はさておき、畑中が裏社会の連中と繋《つな》がってても、わたしは脅迫には屈しない。大学時代の友人に検事、弁護士、法務省高官もいるんだ」

「そうなんですか」

「社長は午後には出社するな？」

「と思いますが、出社時刻はまちまちなんですよ」

「そうか」

会話が熄《や》んだ。

尾津は白戸の袖《そで》を引っ張って、エレベーターホールに引き返した。二人は、通路から死角になる場所にたたずんだ。

「尾津さん、吉岡って男から情報を集めるんだね？」

「ああ、そうだ。畑中を追い込む材料があれば、ダーティー・ビジネスのことを吐かせられるだろう」

「そうだね」

白戸が口を閉じた。

その直後、『東西リサーチ』のドアが開けられた。姿を見せたのは四十代後半の小太りの男だった。吉岡だろう。茶系のスーツ姿だ。黒革の鞄を手にしている。

男がエレベーター乗り場に向かってくる。

尾津は身分を明かして、小太りの男を死角に導いた。

「吉岡さんですね？」

「ええ、吉岡祐二《ゆうじ》です。『昭和鉄工《しようわてつこう》』の資材課長をやってます。それはそうと、なぜわたしの名をご存じなんです？」

「ドア越しにあなたの声がしたんですよ。相手の社員との遣《や》り取《と》りも、自然に耳に入ってきました」

「妻に浮気されたことを知られてしまったのか」

「ええ、まあ。しかし、そのことは他言しませんよ」

「お願いします。妻と一緒になったのは、十八年前でした。仕事が忙しかったんで、家庭サービスを怠《おこた》ってしまったんでしょうね。子育ても妻任せでした。夫にかまってもらえなかったんで、妻は魔が差したんだと思います。四十過ぎでも、何かで胸をときめかせたかったんでしょう。こちらにも浮気歴があるんで、妻の裏切りは大目に見ることにしました」

「奥さんの不倫相手に文句の一つぐらい言ったんじゃありませんか?」

「そうしたい気持ちはありましたが、寝盗《コキュ》られ男が凄んでも迫力がないでしょ? それだから、妻の不倫相手は詰《なじ》りませんでした」

「そうですか」

「警察は畑中憲義を恐喝容疑で内偵中なんでしょ?」

吉岡が訊いた。尾津は話を合わせた。

「やっぱりね。実はわたし、飲み友達のフリーライターに畑中が何か悪いことをしてるかどうか調べてもらったんですよ」

「そのフリーライターのことを教えてくれませんか。あなたの名前は出しません」

「それなら、いいでしょう。日高克文《ひだかかつふみ》という名で、四十二歳のはずです。元新聞記者で、主に犯罪ノンフィクションを月刊誌に寄稿してるんですよ。著書も二十数冊あります。ベストセラーになった本はありませんが……」

「日高さんの連絡先は?」

「ちょっと待ってくださいね」

吉岡が懐から携帯電話を取り出し、登録してある個人情報をディスプレイに表示させた。

白戸が日高の携帯電話番号と住所をメモする。フリーライターは台東《たいとう》区内に住んでいた。

「日高君の調べによると、『東西リサーチ』の社長は何人かの社員を抱き込んで、調査対象の不倫カップルの双方から百万から二百万の口止め料を脅し取ってたようなんです。名古屋や大阪の極道の振りをしてね」

「恐喝をやってた社員の名はわかったんですか?」

「わかったんですが、三人のうち二人は退社して所在がわからないそうです。ひとりは二年数カ月前に大崎の裏通りで殺害されてたらしいんですよ。えーと、なんて名だったっけな」

「牧慎也でしょ?」

「ええ、そうです。間違いありませんよ。畑中は汚れ役を引き受けた三人の社員を使い捨てにしたんでしょうね。行方のわからない二人は始末されたのかもしれませんね」

「そう思った理由は？」

「牧という社員は殺されてるじゃありませんか。畑中社長の指示で三人の社員が恐喝代理人を務めてたことが発覚したら、黒幕も捕まるでしょ？」

「だから、『東西リサーチ』の社長は、悪事の片棒を担いだ三人の社員を抹殺《まっさつ》したのではないかと推測したわけですね？」

「そうです。畑中が自分の手を汚したんではなさそうだな。おそらく犯罪のプロに三人を殺《や》らせたんでしょう」

「そうなんだろうか」

「いまも畑中は別の人間を使って、不倫カップルの両方から口止め料を脅し取ってるにちがいありませんよ。刑事さん、とにかく早く畑中を検挙してください。叩けば、いくらでも埃《ほこり》が出るはずです」

「立件できる材料が揃えば、もちろん畑中憲義を捕まえます」

「そうしてほしいな」

「吉岡さん、『東西リサーチ』には何人ぐらいの社員がいました？」

白戸が訊いた。

「若い男性社員がひとりで電話番をしてるだけでした」

「あなたと言い争ってた彼の名前、わかります？」

「石毛《いしげ》と名乗ってました。彼は新入りのようで、会社のことはよく知らないようでしたね。社長の畑中が恐喝をやってることもまったく知らないようでしたよ」

「そんな感じだったな」

「もういいですか。午後一番に会社で会議があるんです」

吉岡が腕時計に目をやってから、尾津に言った。

「ええ、結構です。正体不明の人物に電話で多額の口止め料を要求されたという話ですが、無視してください。それから、個人的に畑中を追及するのは危険です。脅迫電話をかけたのが畑中だったら、あなたの口を塞《ふさ》ぐかもしれませんので」

「あっ、そうか。わたしも消そうとするかもしれませんね」

「後《あと》は警察に任せてください。ご協力に感謝します」

尾津は礼を言った。白戸も、ぴょこんと頭を下げた。

吉岡が一礼し、エレベーター乗り場に足を向けた。下降ボタンが押される。じきにエレベーターの扉が左右に割れた。吉岡が函《ケージ》の中に消えた。

「尾津さん、石毛って電話番をしてる若い社員から情報を集めてみる？」

「収穫はなさそうだな。畑中の出社時刻は読めない。白戸、先にフリーライターの日高に会ってみよう」

「その前にさ、どこかで昼飯を喰わない？　なんか腹が空いてきちゃったんだ」

「ちょっと早めだが、そうするか」

尾津はエレベーターホールに足を向けた。

二人は一階のエントランスホールに下《くだ》り、六階建ての雑居ビルを出た。スカイラインは近くの路上に駐《と》めてあった。

「この通りの先にトンカツ屋があるな。尾津さん、和食のほうがいい？」

「おまえにつき合うよ」

「それじゃ、あそこで昼飯を喰っちゃいましょう」

白戸が急ぎ足になった。尾津たちは数十メートル歩いて、ありふれたトンカツ屋に入った。

客の姿はなかった。尾津たちは奥のテーブルに落ち着いた。

白戸がメニューを見て、ジャンボセットを注文した。尾津は並のトンカツ定食を頼んだ。味噌汁と香《こう》の物《もの》が付いている。

十分も待たないうちに、オーダーした物がテーブルに届けられた。二人はすぐに箸《はし》を手に取った。

ジャンボセットは千二百円だが、そのボリュームには圧倒された。大皿からトンカツが食《は》み出している。ライスの量も半端ではない。

尾津がオーダーしたトンカツ定食は八百五十円だったが、ロースが使われていた。しかも、肉厚だった。採算を度外視しているとしか思えない。

店を切り盛りしているのは、七十年配の夫婦だった。がつがつ儲《もう》ける気はないのだろう。

尾津たちは昼食を摂《と》ると、外に出た。

スカイラインに向かう。いくらも進まないうちに、能塚室長から尾津に電話があった。

「大崎の事件現場付近で聞き込みをやったんだが、新事実は得られなかったよ。目撃者も見つからなかった」

「そうですか」

「捜査本部と本家の専従班に手抜かりはなかったんだろう。ＪＲ大崎駅周辺も歩いてみたんだが、徒労に終わったよ。事件当夜は雨なんか降ってなかった。それなのに、犯人《タマ》はクラーレを先端に塗った婦人用の雨傘を持ち歩いてたはずだ。誰かの目に触《ふ》れてたら、奇異に映ったろう」

「でしょうね。室長、加害者は犯行現場の近くまで車を運転してたのかもしれませんよ。

そうなら、誰かに見られることもなかったでしょう」

「多分、そうだったんだろうな。牧の奥さんは、まだ自宅にいたのか？」

「ええ、いました。特に新事実は摑めませんでしたが、牧の遺影の前にスイス製の超高級腕時計が置かれてたんですよ」

尾津は詳しいことを報告した。

「ピアジェの腕時計なら、数百万円はするんだろう。牧の給料じゃ、とても買えないな」

「そうですね」

「牧は畑中社長に引きずり込まれて、不倫カップルの双方から口止め料を集金してたんじゃないのか。その報酬として、給料を上回る額の現金を畑中から貰ってたんだろうな」

「そう推測しても、見当外れじゃないと思います。別収入の一部を社長賞の金一封と称して、牧は妻に毎月のように十万円を渡してたんではないだろうか」

「そうなんだろうな。尾津、牧七海は旦那が恐喝の片棒を担いで別収入を得てたことを本当に知らなかったのかね？」

「そう見えましたが、高いピアジェを夫が嵌《は》めてたのは知ってたはずです。だから、遺影の前に超高級腕時計を置く気になったんでしょう」

「七海は、ピアジェの薄型腕時計が高価であることを知らないわけがない。亭主のダーテイー・ビジネスのことは薄々、気づいてたはずだな」

「そうかもしれませんね」

「捜査が空回りするようなら、牧七海にまた会うべきだな。おれと勝又は昼飯を喰ったら、林葉武彦に関する情報を集めてみるよ」

「わかりました。おれたちは、これから『東西リサーチ』の件でフリーライターの日高克文の自宅に向かいます」

「そうか。何か進展があったら、すぐ報告を上げてくれ」

能塚が通話を切り上げた。いつの間にか、路上駐車中のスカイラインに達していた。白戸が運転席に乗り込む。

尾津はモバイルフォンを折り畳み、助手席側に回り込んだ。

ドアの把っ手《とって》に手を伸ばしたとき、上着の内ポケットで私物の携帯電話が振動した。職務中は、いつもマナーモードにしてある。

尾津は私物のモバイルフォンを懐から取り出した。

「仕事中でしょうね？」

驚いたことに、発信者は深町杏奈だった。

「うん、まあ」

「なら、無理ね。ぽっかり二時間ほど時間が空いたの。都合がついたら、ランチでも一緒にどうかと思ったんだけど……」

「いま、どこにいるんだい？」

「西新宿の高層ホテル街よ」

「せっかくの誘いだが、つき合えないな。命の恩人には礼を尽くすつもりでいるんだが、きょうは無理だな。申し訳ない！」

「ううん、いいの。急な話だから、都合つけられないのが当たり前よ。それはそうと、命の恩人だなんてオーバーね。わたしは、宝飾店に押し入った二人組の顔面にハイヒールをぶつけただけじゃないの」

「そのおかげで、おれは撃たれずに済んだ。やっぱり、命の恩人だよ。そっちのナンバーは登録しておく。迷惑かな？」

「そんなことないわ」

「だったら、そのうち電話するよ」

尾津は終了キーを押した。口笛を吹きたいような気持ちだった。

杏奈は名刺を持ち合わせていないと言っていたが、自分に関心がまったくないわけではないのだろう。尾津は、杏奈がアプローチしてきたことが妙に嬉しかった。何か拾いものをしたような気分だ。

尾津は助手席に腰を沈めた。

するると、白戸がにやついた。

「気になってる女性《ひと》からのデートの誘いでしょ？」

「そんなんじゃないよ。行きつけの酒場のママが、先月分のツケを払ってほしいって催促《さいそく》してきたんだ」

「そういうことにしておくか」

「おまえ、なんか勘違いしてるな。日高克文の自宅マンションは、ＪＲ御徒町《おかちまち》駅から数百メートル離れた所にあると思う」

「そうだろうね」

「向かってくれ」

尾津は言って、シートベルトを掛けた。

白戸が車を発進させる。スカイラインは東新橋を抜けて、昭和通りに乗り入れた。上野《うえの》方面に向かう。

フリーライターの自宅マンションは、台東区台東四丁目にあるらしい。春日《かすが》通りの近くだろう。

目的の賃貸マンションを探し当てたのは、二十数分後だった。竹町《たけまち》公園の斜め前にあった。六階建てで、老朽化が目立つ。白い外壁は薄汚れている。

白戸がスカイラインを路肩に寄せた。日高の自宅マンションの数十メートル先だった。

尾津は先に車を降りた。白戸と肩を並べて『御徒町パークハイツ』のアプローチをたどる。

日高の部屋は四〇一号室だ。出入口はオートロック・システムではなかった。

尾津たちコンビは勝手にエントランスロビーに足を踏み入れ、エレベーターで四階に上がった。

白戸が四〇一号室のインターフォンを鳴らす。だが、スピーカーは沈黙したままだった。室内に人がいる気配も伝わってこない。

「取材か、出版社に出かけたのかもしれないな」

尾津は言った。

「そうかな。昼どきだから、フリーライターは近くの飲食店にいるのかもしれない。日高克文の携帯を鳴らしてみようか？」

「そうしてみてくれ」

「了解！」

白戸が捜査用携帯電話を用《もち》いて、フリーライターに連絡を取る。

電話が繋《つな》がった。白戸が身分を告げて、捜査に協力を求める。

通話は短かった。

「おれの勘は当たったよ。日高克文は春日通りにあるラーメン屋で、昼飯を喰い終えたところだって」

「そうか。それで？」

「すぐに自宅に戻るから、七、八分待っててほしいと言ってたよ」

「そういうことなら、待とう」

尾津は、通路の柵《さく》に凭《もた》れた。

3

コーヒーカップは不揃いだった。

卓上には、三つのカップが置かれている。日高の自宅マンションのダイニングキッチンだ。部屋の間取りは２ＤＫだった。居間はなかった。

尾津は白戸と並ぶ形で、ダイニングテーブルに向かっていた。部屋の主に請《しょう》じ入れられたのだ。

「わたし、コップや食器に八つ当たりする癖があるんだ。それで、セットのコーヒーカップも一つずつ欠《か》けて……」

日高がきまり悪そうに笑って、尾津の正面の椅子に坐った。

「フリーライターで食べていくには、いろいろ苦労があるんでしょうね」

「東都《とうと》日報に勤めてるときの年収の三分の一しか稼げなくなったね。原稿料は安いし、長編犯罪ノンフィクションが年に二、三冊出ても、初版部数は五、六千だからね。版を重ねなきゃ、取材費が持ち出しになることもあるんだ」

「それでは……」

「職業として成り立たないよね。ごく少数の有名ノンフィクション・ライターには、新聞社や雑誌社から何十万円もの取材費が渡されてるんだが、人気のないライターたちは自腹を切って取材してるんだ」

「そうみたいですね。経済的には苦しくても、何か志《こころざし》があってフリーライターになられたんでしょ？」

尾津は問いかけた。

「そんな大層なことじゃないんだが、マスコミは正義の味方を気取ってるが、タブー視されてる問題はスルーしちゃうし、政財界の圧力に抗し切れないときもある。それじゃ、公正だの中立だのと言っても、嘘をついてることになるよね？」

「ええ。しかし、新聞や雑誌は購読料だけでは発行しつづけられません。広告収入があって、採算が合ってるわけでしょ？　民放テレビもスポンサーがいなければ、番組は制作できません」

「おたくの言う通りだね。資本主義社会の宿命だとはわかってるんだが、マスコミ関係者が権力に逆《さか》らわなくなったら、もう終わりだ。だからさ、フリーになって自由に問題提起することにしたんだよね。親兄弟に新聞社を辞めるとき、大反対されたよ。しかし、自分の人生だから、好きなように生きたいと思ったんだ。独身なんで、なんとか喰っていけるともね」

「潔《いさぎよ》い選択を羨《うらや》ましく思ってる元同僚は多いんじゃないのかな」

「そうだろうか。なんか余談が長くなってしまったが、吉岡さんとは神田の居酒屋でよく顔を合わせてるんだ。飲み友達だよ」

　日高が二人の刑事の顔を交互に見た。白戸が吉岡祐二が喋ったことが事実かどうか確認する。

「奥さんの不倫の件で吉岡さんが正体不明の脅迫者に多額の口止め料を要求されたという

話の裏付けは取れなかったんだが、『東西リサーチ』を経営してる畑中憲義はとんでもない悪党だったよ」

「取材でどんなことがわかったんです？」

「畑中は探偵社を創業したころから、金銭欲の強い社員たち数人を使って、不倫カップルの双方から百万、二百万の口止め料を脅し取ってた。不良社員たちは、妻子持ちと不倫してた独身女性の肉体を弄《もてあそ》んでもいた」

「その情報源は？」

「五年前に分け前のことで畑中と仲違《たが》いして会社を辞めた男の証言だよ。そいつは海渡《かいと》周《あまね》という名で、現在は三十七だね」

「その海渡は別の探偵社に移ったのかな？」

「いや、パン職人の修業をして、二年前から江東区《こうとう》深川《ふかがわ》一丁目で『海渡ベーカリー』を経営してる」

「その男は、日高さんに畑中の指示で恐喝をやってたことをすんなりと認めたのかな？」

「しばらくシラを切ってたよ。だからさ、警察に売ったりしないから、取材に協力してくれないかって説得したんだ」

「それで、口を割る気になったんですね？」

「そう。畑中は数人の社員を恐喝代理人にして、不倫カップルたちから毎月一千五、六百万をせしめてたんだってさ。もちろん、丸々、懐《ふところ》に入れたわけじゃないよ。恐喝代理人たちに百万から百五十万円ずつ渡してたらしいんだ。それにしても、畑中には一千万以上の別収入があったわけだ」

「そうなりますね」

「畑中は不倫カップルだけを強請《ゆす》ってたわけじゃないそうだ」

日高が言って、自分で淹《い》れたインスタントコーヒーを口に含んだ。釣られて白戸がマグカップを持ち上げる。

「どういった人たちが餌食《えじき》にされたんでしょう？」

尾津はフリーライターに質問した。

「畑中は秘密スワッピングクラブを主宰してた開業医から箱根《はこね》にある別荘をわずか三十万円で手に入れたそうだよ。相場では一億円近い値なんだが、只《ただ》みたいな金で譲り受けたらしい。むろん、表向きは正規の不動産取引を装ってね」

「そうしておけば、税務署や警察に怪しまれない。悪知恵を働かせたんでしょう」

「ああ、そうだろうね。開業医は各界の名士《セレブ》夫妻を登録会員にして、箱根のでっかい別荘で毎週末、夫婦交換パーティーを催《もよお》してたらしい」

「スワッピングパーティーに参加してた夫婦からも、畑中は口止め料をせしめてたんでしょうね？」

「さすが本庁の捜一のメンバーだな。当たりだよ。海渡の話では、畑中の指示で各界の名士から一千万円以上の口止め料を脅し取ってたそうだよ」

「そうですか。リアリティーのない話じゃありませんね」

「海渡は、でたらめなことは言ってないと思うよ。彼は、畑中にうまく利用されたことに憤《いきどお》ってたからね。といって、自分が畑中を告発することはできない。そんなことをしたら、海渡も御用になっちゃうからな」

「そうですね」

「おたくらは、一昨年《おととし》の七月五日に大崎の裏通りで殺された『東西リサーチ』の社員だった牧慎也を第三者に葬らせたのは畑中社長ではないかと疑ってるようだな」

「そう疑うことはできますよね？　殺害された牧は畑中とつるんで、不倫カップルの双方から口止め料を払わせてたようですから」

「おたくと同じように推測したんで、事件前の畑中の動きを洗ってみたんだ。しかし、殺し屋《プロ》と思われる人間と接触してた気配はうかがえなかったんだよ」

「殺し屋と直《じか》に接触するのはリスキーです。畑中が第三者に牧を始末させたんなら、電話かメールで殺人の依頼をするでしょ？」

「そうだろうね。残念ながら、そういう方法で畑中が誰かに殺しの依頼をした証拠は摑めなかったんだ」

「そうですか」

「畑中が実行犯でないことは確認済みだよ。事件当夜、『東西リサーチ』の社長は広島にいた。親類の法事があって、畑中は尾道《おのみち》の実家に泊まってた」

「縁者だけの証言なら、畑中が口裏を合わせてもらってアリバイ工作をした疑いもあるな」

白戸が呟《つぶや》いた。

「おたくが言った通りだね。しかし、親類の者だけじゃなく、寺の住職と副住職が事件のあった日に畑中の姿を見たと証言してるんだよ」

「それなら、実行犯じゃないな。けど、畑中が第三者に牧慎也を片づけさせた疑いが消えたわけじゃないでしょ？」

「そうなんだが、畑中だけをマークしててもいいんだろうか。牧は四年前に起こった強盗殺人事件で誤認逮捕されてる」

「えっ、よく知ってますね。そのことは、マスコミには伏せられてたはずだがな」

「東都日報の元社会部記者をなめてもらっちゃ困るな。記者たちは、いつも警察の発表したことを記事にしてるわけじゃない。隠されてる事実を暴《あば》くために、警察《サツ》回りの連中は常に嗅ぎ回ってる。牧の誤認逮捕の件は、東都日報の元同僚から聞いてたんだよ」

「そういうことなのか」

「牧を誤認逮捕したことは各紙が記事にしなかった。というよりは、できなかったんだろう」

「有力者からマスコミ全社に圧力がかかったとお考えなんですね？」

尾津は、白戸よりも先に口を開いた。

「そうとしか考えられないんじゃないの？　五反田のパチンコ景品交換所に押し入って千二百万円を強奪して、女性従業員を刺殺したのは……」

「言いかけたことをおっしゃってほしいな」

「うむ」

日高が唸って、マグカップを大きく傾ける。

「あなたは、強盗殺人事件の真犯人《ホンボシ》は現職警察官なんではないかと筋を読んだんではありませんか？」

「鋭いな。実は、そう推測したんだよ。しかし、おたくたちは本庁の現職刑事だ。読んだ筋をストレートに言ったら、気分を害すると思ったんだ」

「だから、口ごもったわけですか」

「そうなんだ。そんなふうに筋を読めば、牧を別件で引っ張ってから、強盗殺人事件で再逮捕したことがわかる。犯人を庇《かば》うというか、隠すには何がなんでも〝容疑者〟を用意しなければならなかった」

「そういう見方は、警察に敵意を剝《む》き出しにしてるようで……」

白戸が会話に割り込んだが、言葉を澱《よど》ませた。

「おたくらを個人攻撃するわけじゃないが、毎年四百人以上の警察官・職員が悪さをして懲戒処分になってる。レイプ殺人をやった若い巡査もいたし、詐欺《さぎ》や恐喝で検挙された奴もいた。覚醒剤に溺《おぼ》れちゃったのもいたっけな。現職警官が四年前の強盗殺人事件を引き起こしたとしても、別に不思議じゃない」

「そうだけど、警察官の凶悪犯罪を隠そうとするほど腐り切ってるとは思えないな」

「おたくはそう思いたいだろうが、市民の中には警察は内部から腐敗してると批判してる者が割に多い」

「そのことは知ってます。裏金をプールしといて、警察幹部が異動になるたびに餞別《せんべつ》として渡されてることが内部告発によって社会問題化したんで」

「白戸さんだったね。ここだけの話にしておくから、正直に答えてくれないか。数十年前から全国の警察で裏金づくりが続行されてたが、マスコミや市民団体に叩かれたからって、悪《あ》しき慣習が根絶されたわけじゃないよな？」

「おれはわからないよ、偉いさんじゃないんでね。多分、もう……」

「裏金づくりは行われていない？」

「と思いたいね」

「うまくごまかしたな」

「ごまかしてるわけじゃない。ノンキャリアの大部分は裏金の存在すら知らないんですよ」

「そんなわけないな。捜査費を水増しするため、架空の捜査協力費の領収証を作成しろと上司に指示されてきたはずだ」

「そういうことをやらされてる奴もいるかもしれないけど、おれは裏金づくりに協力したことなんか一遍《いっぺん》もない」

「身内を庇ってるわけじゃなく、本当に自分らクラスの刑事では裏金づくりはもちろん、上層部が密《ひそ》かにやってることなんか知る術《すべ》もないんですよ」

尾津は相棒が声を荒らげる前にフリーライターに言った。

「ま、そうだろうな。おたくたちを不愉快にさせるつもりはなかったんだが、警察社会も不正とは無縁ではないと言いたかったんだよ」

「堕落した部分があることは否定しません。腐った連中もいることは確かです。しかし、大半の者は愚直なまでに治安を守ろうと体を張ってますよ。それは事実です」

「まともな警察官がいなくなったとは言わないよ。しかし、警察の隠蔽体質《いんぺいたいしつ》はいっこうに改まっていないんじゃないかな。おたくらには耳が痛いと思うが……」

「そのことは認めざるを得ませんね。有力者に泣きつかれて、傷害程度の事件は送致しなかったり、交通違反の揉み消しなんかも完全にはなくなってないでしょう」

「そんなマイナス面があるのに、四年前の強盗事件で誤認逮捕をやらかした。警察の威信《いしん》が失墜することを恐れて、牧の誤認逮捕の件はマスコミに伏せられたんだろう」

「そういうことはなかったと信じたいですね」

「おたくたちの気持ちもわからなくはないが、事件当時、大崎署の刑事課長を務めてた林葉武彦が牧を別件でしょっ引いたことがそもそもおかしいよ。老練刑事がそんなポカをやるとは思えない。おまけに、林葉は強盗殺人事件の容疑者として牧を再逮捕した」

「そうですね」

「裏に何かあると勘繰《かんぐ》りたくなっても、仕方のない流れだ。林葉は誤認逮捕の件で責任を取る形で依願退職したわけだが、その後、スーパーの保安係やタクシー会社の事故処理係になったわけじゃない」

「退職後は、中古重機販売会社を興してますね」

「事業資金をどう工面《くめん》したかはわからないんだが、北品川《きたしながわ》にある会社の敷地は五百坪近いんだ。社屋こそ鉄筋プレキャスト造りの三階建てだが、ブルドーザー、ショベルカー、クレーン車、ユンボなんかが所狭しと並べてある。中古重機とはいえ、仕入れ代金は軽く一億を超えると思うね」

「日高さんは、林葉が開業資金を調達したくて犯人隠しに一役買ったのではないかと疑ってるわけだ」

「そうだよ。林葉が経営してる『親和《しんわ》重機』のことを調べはじめてから、不審者に尾《つ》けられるようになったんだ」

「えっ⁉ 尾行者はどんな奴でした？」

「素っ堅気じゃないと思うよ。いつもキャップかハンチングを目深《まぶか》に被ってて、黒っぽい服を着てたね」

「いまも、尾行されてるんですか？」

「尾けられたのは三回だけだよ。それからは尾行されてない。ただ、この部屋を覗き込んでる怪しい男はいたよ」

「尾行者とは別人だったんですか？」

「明らかに別の奴だったた。やくざっぽかったな。こっちが何か用かと訊いたら、階を間違えたと言って立ち去ったんだ」

「その後、身に危険が迫ったりしませんでした？　たとえば、擦《す》れ違いざまに刃物で刺されそうになったとか……」

「そういうことはなかったよ。無灯火の車に轢《ひ》かれそうになったこともないね。ただ、地下鉄大手《おおて》町駅のホームで何者かに線路に突き落とされそうになったことはある。とっさに身を躱《かわ》したんで、ホームの下には転落しなかったけどさ」

「危ないとこでしたね」

「不審人物の二人は、おそらく林葉に雇われたんだろう。『親和重機』の周辺を嗅ぎ回ってから、そいつらが出現したわけだから。林葉は四年前の強盗殺人事件の捜査を混乱させる目的で、無実の牧を容疑者に仕立てようとしたんじゃないか」

「そして、真犯人を故意に逃がしたんではないかと推測したんですか？」

「そうなんだと思うよ。もう真の加害者は海外に逃亡して、潜伏先で普通に暮らしてるんじゃないかな。公金横領犯がタイに渡って、八年も国内を転々とした事例があったよね？」

「ええ、ありました。フィリピンのミンダナオ島に六年も身を潜めてた殺人未遂犯もいたな。最近は中国本土に逃げ込む凶悪犯が増えてるがね」

「拝金主義者が多い国だから、金を握らせれば、犯罪者も匿《かくま》ってもらえるんだろう。四年前の強盗殺人事件の犯人《ホシ》は警察関係者と睨んでもいいと思うな。それから二年三カ月前に牧慎也を殺《や》ったのも、現職か元警官なんだろう」

「そこまで言っちゃってもいいのかな」

白戸が日高に絡んだ。尾津は目顔《めがお》で白戸をなだめ、部屋の主に忠告した。

「日高さん、もう林葉武彦の身辺を探《さぐ》らないほうがいいと思います。あんまり深入りすると、命を奪われかねませんよ。後《あと》は警察に任せてください」

「忠告は拝聴しておこう。しかし、スクープ種《だね》を摑んだ感触を得てるんだ。元新聞記者《ブンヤ》としては尻尾《しっぽ》を巻けないね。おたくらと競争だ。どっちが早く真相に迫れるか。ファイトが湧《わ》いてきたよ。お互いに頑張ろう」

日高が右手を差し出した。

「握手はできません」

「おたくの忠告に従わなかったから、むっとしたんだな」

「いいえ、別に怒ってませんよ。日高さんと張り合う気がないからです」

「そうか」

「どうもお邪魔しました。失礼します」

尾津は白戸の肩を軽く叩き、椅子から立ち上がった。白戸も腰を浮かす。

二人は日高の部屋を出た。エレベーターで一階に下《くだ》り、マンションを後にする。

「日高の読み筋をどう思います？」

白戸が覆面パトカーに向かって歩きながら、小声で問いかけてきた。

「四年前の強盗殺人事件の真犯人《ホンボシ》が警察関係者かもしれないという読み方は、あながち的《まと》外《はず》れではないだろう。警察に不信感を覚えてる人たちは少なくない」

「それは客観的な事実だろうね」

「所轄署の当時の刑事課長が〝犯人隠し〟をしたんだとしたら、加害者は警察官だったのかもしれない。いま以上に警察のイメージがダウンしたら、何かとやりづらくなる。ベテランの林葉はそう考え、事件を迷宮《オミヤ》入りにすることに一役買った可能性もあるな」

「そうなのかね」

「ただ、複数の警察関係者が事件をうやむやにしようと画策したとしても、その中にキャリアや準キャリアは入ってないだろう。そんなことをしたら、一巻の終わりだからな」

「そうだね。〝犯人隠し〟が行われたとしたら、首謀者は一般警察官《ノンキャリア》の出世頭あたりだろうな。そいつは事件の揉み消しで点数を稼いで、キャリアに恩を売っとくことを考えたんじゃないのかね？」

「白戸、そうなのかもしれないぞ。そうだったとしたら、〝犯人隠し〟に協力した者たちには本庁《うち》の裏金の一部が渡ったんじゃないのか。林葉はその金を事業の準備資金にしたのかもしれないな」

「尾津さん、それ、考えられるよ。でも、牧を殺《や》ったのは警察関係者じゃない気がするな。牧は誤認逮捕されたことで、かなり林葉を恨んでただろうね。しかし、土下座までされた上、月々二十万円の詫び料が牧宅の郵便受けに投げ込まれてた。牧夫妻は札束入りの封筒を投げ込んでる人物は、林葉だと察しをつけたんだろう」

「そうなら、牧の林葉に対する恨みや憎しみは和《やわ》らぐかもしれない。そうなれば、牧は林葉に仕返しする気持ちがなくなりそうだな」

尾津は言った。

「そうなるだろうね。林葉は何も仕返しされないとわかれば、牧を恐れることはなくなる。そう考えると、林葉が誰かに牧を片づけさせたと筋を読めなくなるよね？」

「そうだな」

「強盗殺人事件から二年近く経《た》ってから、牧は殺された。林葉は牧殺しではシロでしょ？」

「そう思えるんだが、牧が何らかの形で四年前の強盗殺人事件の誤認逮捕に裏があったことを知り、林葉が一枚嚙んでるとわかったんで、いったん萎《しぼ》んだ復讐心が膨らんで……」

「牧が林葉を襲った？」

「そうなのかもしれないぞ。林葉はむざむざと殺されたくなかったんで、先手を打って殺し屋《プロ》に牧を始末させたというストーリーも組み立てられるんじゃないか？」

「少しこじつけっぽいね」

「そうかな」

「おれは四年前の強盗殺人事件と牧殺しは切り離して筋を読むべきなんじゃないかと思いはじめてる」

「牧を葬ったのは、誰だと見てるんだ？」

「畑中が臭いと思うね。牧は自分ら社員がいつも汚れ役を演じさせられてることが不満で、畑中に分け前をもっと寄越《よこ》せと詰め寄ったんじゃないのかな」

「そのとき、牧は自分の言い分を無視したら、恐喝ビジネスの黒幕が畑中だってことを暴くとでも凄んだんだろうか」

「きっとそうにちがいないよ。で、畑中は誰かに牧を始末させたんでしょ？　共犯の他の社員には脅し文句を利かせたんじゃない？」

「そうなんだろうか」

「深川の『海渡ベーカリー』に行って、恐喝の片棒を担いでた元社員に会ってみようよ」

白戸が言って、スカイラインに走り寄った。

尾津は足を速《はや》めた。

4

客の姿は見当たらない。

深川にある『海渡ベーカリー』だ。小さなパン屋だが、造りは小粋だった。三十代前半の女性が店番をしている。

「彼女は、海渡周の妻っぽいな。単なる店員って感じじゃないでしょ？」

白戸が店先で、尾津に言った。

「そうだな」

「海渡は『東西リサーチ』で働いてるころ、畑中に抱き込まれて恐喝《カツアゲ》をやってたらしい。

おれたちが身分を明かしたら、海渡は逃げ《フケ》るんじゃない？」

「そうかもしれないな。店にいる女性が海渡の奥さんなら、離婚話に発展するかもしれない。グルメ雑誌の編集者を装って、海渡を店の外に連れ出そう」

「それは、いい考えだね。で、その後はどんな段取りでいく？」

「いつものように、日本では禁じられてる司法取引を持ちかけ、情報を引き出そう。昔の恐喝に目をつぶってやると言えば、多分、海渡は捜査に協力してくれるだろう」

「だろうね。おれ、雑誌編集者に見えないでしょ？」

「見えないな。どう見ても、組員風だから」

「なら、尾津さんが海渡を外に誘い出してよ」

白戸が言った。尾津はうなずき、『海渡ベーカリー』に足を踏み入れた。

「いらっしゃいませ」

店番をしている女性が笑顔を向けてきた。

「ごめんなさい。客じゃないんです。実は、グルメ雑誌の編集部の者なんですよ」

「そうなんですか」

「読者から『海渡ベーカリー』さんのフランスパンの味は日本一だという手紙を貰ったんで、同僚の女性が五本ほど買って編集部全員で試食してみたんですよ。寄せられた情報は間違いじゃありませんでした」

「本当ですか。いまの話を奥で明日の仕込みに取りかかってる夫が聞いたら、雀躍《こおど》りすると思います」

「奥さんでしたか？」

「はい。なぎさです。この店をオープンする前の月に、わたしたち、結婚したんですよ」

「そうなんですか。こちらのフランスパンのことを来月号で紹介させてほしいんです」

「うわっ、嬉しい！」

「いわゆるパブリシティー広告ではありませんから、ご安心ください。海渡さんを呼んできていただけます？」

尾津は頼んだ。海渡なぎさが奥に走った。

待つほどもなく白い調理服姿の海渡周が姿を見せた。柔和な顔立ちで、かつて悪徳探偵として恐喝を重ねていたようには見えなかった。

尾津はもっともらしいことを言って、海渡を表に連れ出した。店の横の脇道に誘い込むと、白戸が海渡の片腕をむんずと摑んだ。

「な、何するんだ⁉」

「大声を出すな。おれたちは桜田門の人間だよ。『東西リサーチ』に勤めてたころ、畑中社長に抱き込まれて不倫カップルの双方から多額の口止め料を巻き揚げてたよな。つまり、恐喝を重ねてたわけだ」

「身に覚えがないな」

「ばっくれる気なら、すぐ手錠《ワッパ》打つぜ。それでもいいのかよっ」

「そんなことを言われたって、後ろめたいことは何もしてない」

海渡が言い張った。

白戸が舌打ちして、海渡の利き腕を捩《ねじ》上げる。肩の近くまでだった。海渡が呻きはじめた。

「捜査に協力してくれれば、恐喝の件は大目に見てやろう」

尾津は海渡に言った。

「本当なの、それ？」

「ああ」

「そういうことなら、協力するよ。いや、協力します」

「ここじゃ、目立つな。覆面パトカーまで歩いてもらうぞ」

「わかりました」

海渡がうなずく。

白戸が手を緩《ゆる》めて、スカイラインまで海渡を歩かせた。尾津は海渡を後部座席に押し入れ、すぐ横に腰かけた。白戸が運転席に乗り込む。

「畑中に抱き込まれて、不倫関係にある男女から口止め料を脅し取ってたことは認めるな？」

尾津は、まず確かめた。

「はい。金に目が眩《くら》んじゃったんだ。畑中は恐喝代理人になれば、毎月、給料以上の別収入を得られるぞと耳許で何度も囁《ささや》いたんですよ。同僚の二人が先に汚れ役を引き受けて金回りがよくなったんで、おれも畑中に協力するようになったんです」

「不倫してた独身女性の体も奪ってたんだろう？」

「同僚たちは、そうでしたね。姦《や》った後《あと》は売春も強《し》いてましたよ。でも、おれはそこまで悪党になれませんでした。不倫中の女から口止め料をせしめてただけでした。少ないときでも百万、多いときは一千万を脅し取ってました」

「そっちの取り分は？」

「二割で、残りは畑中の取り分でした」

「畑中は、スワッピングクラブの主宰者の開業医を強請《ゆす》って、乱交パーティーが行われてた箱根の別荘をたったの三十万円で手に入れたんだって？」

「その話は本当です。畑中は半年後には、その別荘を高く転売して儲けたはずですよ。会員同士で夫婦交換の乱交パーティーをしてた連中からも一千万円前後を払わせてた」

「その金を受け取りに行ったのは、恐喝の片棒を担がされてた社員たちだったんだな？」

「おれたちは秘密スワッピングクラブの主宰者や会員たちを脅迫しただけで、集金は暴力団組員にさせてたんですよ。だけど、畑中は汚れ役を引き受けてたおれたちを騙《だま》してたんです」

「どういうことなんだ？」

「秘密クラブのメンバーたちが関西の極道を雇って対抗してきたんで、結局、口止め料はせしめられなかったと嘘をついて……」

「せしめた金を独り占めにしてたんだな？」

「そうなんですよ。だから、おれ、畑中社長に文句を言ってやったんだ。そしたら、畑中はおれたち恐喝代理人を中国人殺し屋に始末させると開き直ったんですよ。単なる威《おど》しだと高を括《くく》ってたら、おれたちはそれらしき人物に尾《つ》けられるようになりました。で、社長と喧嘩別れすることになったんですよ」

「そうか」

話が途切れた。運転席の白戸が上体を捻った。

「あんたが退社してから、牧慎也という男が『東西リサーチ』に入って恐喝代理人をやってたんだが……」

「その男とは会ったことはないんですが、元同僚たちから聞いてましたよ。『東西リサーチ』を辞めた後も、神崎《かんざき》という元同僚とはたまに一緒に飲んでたんです」

「そう」

「神崎の話によると、牧って奴は社長の指示で不倫カップルを脅迫してるだけじゃなく、こっそりと個人的に恐喝ビジネスをやってたらしい。口止め料の二割しか畑中は吐き出さないんで、ばからしくなったんだと思います」

「そうなんだろうな。畑中は、牧の個人的なダーティー・ビジネスに気づかなかったの？」

「最初は、そうだったみたいだな。でも、途中でわかったらしくて、牧にきつく注意したようで。それでも、牧は個人的な非合法ビジネスをやってたそうです。いい獲物を見つけたみたいなんですよ」

「どんな獲物なのかな？」

「神崎から聞いた話によると、銀座七丁目で『蒼風堂《そうふうどう》』という画廊を経営してる安田裕子《やすだゆうこ》という女が名画の贋作《がんさく》を売れない洋画家たちに描かせて、それをネット販売してることを牧は嗅ぎつけ、三年ぐらい前から自分の秘密口座に月に百万円ずつ振り込ませてたそうなんですよ。その真偽は定かではありませんが、デマじゃない気がしますね。画廊の女社長は本業の売上不振がつづいてるんで、六本木で『恋の館』という高級クラブをオープンさせたそうですよ。だけど、そっちも赤字つづきなんで、名画の贋作をネットで売るようになったらしいんです」

「その話が事実なら、牧は金蔓《かねづる》を摑んでたことになるな」

「ひょっとしたら、画廊の女社長が誰かに牧って男を始末させたのかもしれないな。牧をなんとかしないと、半永久的にたかられつづけるでしょ？」

海渡が尾津に顔を向けてきた。

「その話が事実なのかどうか、神崎という男に会って確認する必要があるな。神崎の下の名は？」

「誉《ほまれ》というんだが、もう神崎はこの世にいないんです。九カ月前に脱法ハーブ、いまは危険ハーブと言われるようになったが、それでショック死したんですよ。まだ三十二でした。おれ、神崎とは気が合ったんですよ。だから、たまに一緒に飲んでたんです。神崎はいい加減なことを言う奴じゃなかったから、画廊の女社長の裏ビジネスの話は信じられる気がするな」

「そうか。牧は、畑中に内緒で個人的に恐喝を働いてたらしいとのことだったね？　畑中はそのことで牧に文句を言った。だが、無視しつづけた。二人は急所を握り合ってたわけだが、畑中は恐喝のことを牧に警察に密告されるかもしれないと疑心暗鬼《ぎしんあんき》に陥《おちい》ってたとは考えられないかな？」

「それ、考えられますね。畑中は元会社整理屋のくせに、意外に気が小さくて用心深い。畑中が牧を第三者に片づけさせた疑いもあるな。安田裕子という画廊の女社長も、牧がこの世から消えてくれたらと願ってたと思いますけどね」

「そのあたりは、こちらで調べてみよう。ところで、そっちが恐喝した相手の名前をすべて教えろ」

「話が違うじゃないかっ。その件には目をつぶってくれるということだったでしょ！」

「慌《あわ》てるな。そっちを逮捕《パク》ったりはしない。ただし、まったく咎《とが》めないわけにはいかないな。恐喝で得た金、まだ少しは残ってるんだろう？」

「七、八百万円はあると思います」

「だったら、被害者に等分に書留で送って詫び状も届けるんだ。匿名《とくめい》でかまわない。その代わり、残りの金を少しずつでも全員に返済してやれ」

「畑中が要求した口止め料の総額は億以上だが、それをおれがすべて返してやれと言われても、とても払いきれませんよ」

「そっちが畑中から貰った金を少しずつ返せばいいだろうが。それが罪を見逃してやる交換条件だ。こっちの条件を呑《の》めるか？」

「刑務所にぶち込まれたくないから、条件は全面的に受け入れますよ。ただ、一生かかっても返せない分が出てくるかもしれないな」

「質素な暮らしをして、できるだけのことはしろ」

「おたくたち二人にいくらか包まなきゃね。店に現金は二十万もないから、妻にＡＴＭで複数の銀行から計六百万円を引き下ろさせます。少し時間をください」

「おれたちは、たかり屋じゃない」

「三億ずつ用意してくれるんだったら、考えてもいいな」

白戸が口を挟んだ。

「おれに銀行強盗をやらせる気なんですか⁉」

「安心しろって。冗談だよ。それより、あんたたちが口止め料を出させた男女の名前を教えてもらおう」

「わかりました」

海渡が記憶の糸を手繰《たぐ》りはじめた。白戸がひとりずつ氏名を手帳に書き留《と》める。

「一カ月後に恐喝の被害者たちにまったく金が届いてなかったら、そっちを捕まえることになるぞ」

尾津は言った。単なる威しではなかった。本気だった。

「少しずつでも全員に強請った金を返していくよ。いや、必ず返済します」

「そうしないと、奥さんは悲しむだろう。そっちと結婚したことを深く後悔するにちがいない」

「なぎさ、妻には昔のことは何も喋ってませんよね？」

「言ってないよ。グルメ雑誌の編集者に化けて取り次いでもらっただけさ」

「よかった。おれ、かみさんに惚れてるんですよ。だから、愛想を尽かされたくないんです」

「だったら、本気で被害者たちに誠意を示すんだな」

「はい」

「もう店に戻ってもいいよ」

「おたくたちの温情に縋《すが》らせてもらいます。恩に着ます」

海渡が頭を垂れてから、スカイラインから降りた。尾津も腰を浮かせ、助手席に移った。

「おれたちが勝手に海渡の恐喝に目をつぶってやったことを能塚さんに知られたら、人事一課監察室に連絡されそうだな」

「そうなったら、白戸の制止を無視して勝手におれが海渡を見逃してやったと言うよ。おまえは、そう口裏を合わせるんだ。白戸、いいな？」

「カッコつけすぎだよ。尾津さんは俠気《おとこぎ》があるけど、そこまで無理をすることはないって。おれも同罪だってことを室長に話す。それにしても、おれたちは甘いね」

「そうだな。店の販売を担当してた海渡の奥さんは、旦那を健気に守《も》り立てようとしてた。だから、なぎさという女房に辛い思いをさせるのは不憫《ふびん》だと……」

「単に海渡の妻は、尾津さんの好みのタイプだったんでしょ？」

「読まれちまったか。実は、そうだったんだ」

「刑事失格だね、尾津さんは」

「そういう白戸だって、情《じょう》に絆《ほだ》されたりしてるじゃないか」

「そうだけどね。おれたちの女好きは、ちょっと問題あるんじゃない？」

「大いに問題あるだろうな。海渡の犯罪を見逃してやったんだからさ。もっとも、いずれ海渡なぎさは泣くことになるだろう」

「どういうこと？」

「早晩《そうばん》、畑中憲義は恐喝容疑で手錠《ワッパ》打たれることになるだろう。そうなれば、芋蔓式《いもづるしき》に海渡も捕まる」

「そうなることを予想できたのに、なぜ尾津さんは海渡をある期間泳がせる気になったの？」

「奥さんがもう少し海渡と幸せな気持ちで暮らせるようにしてあげたかったんだよ」

「そういうことだったのか。それはそうと、海渡が元同僚から聞いたという話は事実なのかな？」

「牧は畑中社長に抱き込まれて恐喝の片棒を担いでも、ずっと自分の取り分は二割だったにちがいない。それを不満に感じてたんで、個人的に画廊の女社長の非合法ビジネスを恐喝材料にして、毎月口止め料を銀行口座に振り込ませてたんじゃないのか」

「そうだったら、安田裕子という画商は牧を亡き者にしたくなるんじゃないかな。畑中も牧と揉めてたわけだから、犯行動機はあるんじゃない？」

「そうだな。畑中に揺さぶりをかける前に、ちょっと女画商のことを調べてみるか」

「そうしようか」

白戸が言って、エンジンを始動させた。

その直後、尾津の上着の内ポケットで携帯電話が着信音を発した。すぐにモバイルフォンを摑み出し、ディスプレイを見る。

発信者は勝又主任だった。

「室長の指示で電話したんだ。大崎署の元刑事課長が代表取締役をやってる『親和重機』は、想像以上に立派な会社だったよ。事務棟の横にはショベルカーやロードローラーなんかが並んで、インドネシア人のバイヤーが商談してた」

「そうですか」

「林葉が中古重機販売会社を興せたのは、警察OBのおかげだということがわかったんだ。民間人の振りをして、ぼくら、社員たちにそれとなく探りを入れたんだよ。開業資金を林葉武彦に提供したのは、実業家になった警察OBの郷原哲孝《ごうはらてつたか》らしいんだ」

「警備保障会社から事業を興して、通販会社、介護タクシー会社を次々に買収した十六社の企業グループのトップが林葉に資金を提供したってことは、『親和重機』は傘下企業なんですね？」

「それがそうじゃないんだそうだ。若いときに所轄署で林葉は郷原の部下で、そのころから目をかけられてたらしいんだよ。それで、郷原は個人の金を無担保で林葉に貸してやったみたいなんだ。もう八十近いし、遣《つか》い切れないほどの私財があるから、太っ腹になれるんだろうね」

「そうなんでしょう」

「そういうことだからさ、林葉が四年前の強盗殺人事件の〝犯人隠し〟をやって事業資金を捻出したという推測は外れてるんじゃないかと能塚室長は言ってる。ぼくも、そんなふうに思えてきたよ」

「そうなのかもしれませんね」

「牧を始末させたのは、『東西リサーチ』の畑中なんじゃないのかな。林葉は四年前に牧を誤認逮捕したわけだけど、そのことで土下座して詫びたんだったよね？」

「ええ、そうです」

「だから、牧は水に流したんじゃないのかな。つまり、牧と林葉は対立してたわけじゃなかった。要するに、林葉は牧にもう仕返しをされる心配はなくなったわけだ。したがって、第三者に牧を消させる必要はなくなったわけだよ」

「そういうことになるんでしょうが、林葉をシロと断定するのは早すぎる気もします」

「そうか。ところで、きみらコンビに何か収穫はあったの？」

「まだ裏付《ウラ》けは取れてませんが、牧は個人的に画廊の女社長を強請ってたようなんですよ」

尾津は、海渡から得た情報を詳しく喋りはじめた。

第三章　不審な美人画商

1

銀座には画廊が多い。

『蒼風堂』は新興のギャラリーだろう。それでも、並木《なみき》通りに面していた。ガラス張りで、店内がよく見える。

尾津は、スカイラインを『蒼風堂』の斜め前に停めさせた。

そのとき、派手な服装の女たち三人が『蒼風堂』に入っていった。揃って血相を変えている。いずれも二十代だろう。

「ギャラリーに入った三人は、多分、ホステスだろうね。もしかしたら、画廊の女社長が経営してる『恋の館』のホステスたちかもしれないな」

白戸が呟いて、エンジンを切った。

「だとしたら、クラブのオーナーである安田裕子が従業員たちの給与を一方的に大幅に下げたのかもしれない。あるいは、給料が遅配気味なのか」

「それ、考えられるね。六本木の店は赤字つづきみたいだからさ」

「おまえは車の中で待機しててくれ」

尾津は白戸に言って、スカイラインの助手席から離れた。並木通りを斜めに横切って、『蒼風堂』に近づく。

ホステス風の三人が、三十五、六歳の女性を取り囲んで何か口々に抗議していた。三十代半ばの美女は、安田裕子ではないか。瞳が円《つぶ》らで、目鼻立ちが整っている。プロポーションも悪くない。

銀座には、日動《にちどう》画廊をはじめとする老舗《しにせ》が目白押しだ。百年近い歴史を誇るギャラリーは決して珍しくない。大正・昭和初期創業の画廊が軒《のき》を連《つら》ねている。終戦後にオープンした画廊は、いまも新興グループ扱いされているようだ。

銀座六、七丁目あたりになると、一つの通りに数十軒の画廊がひしめいている。『蒼風堂』がいつ創業されたのか不明だが、老舗や中堅でないことは確かだ。

後発組のギャラリー経営は厳しいのではないか。本業で利益を出せなくて、クラブ経営に乗り出したのだろう。

その副業も思わしくないとなれば、不正な手段で稼ぎたくなるのではないか。画廊の女社長が名画の贋作《がんさく》を手がけているという情報を単なる中傷とは片づけられない。

尾津は画廊の透明なガラスの扉を開けた。

四人の女が一斉に視線を向けてくる。

「オーナーはどなたなのかな？」

尾津は女たちに声をかけた。すると、目の大きな美女が会釈《えしゃく》した。

「わたくしです。安田裕子と申します」

「一九二、三〇年代に活躍したパリ派の画家たちの小品を探してるんですよ。モディリアーニ、スーティン、パスキン、ドンゲン、それから藤田嗣治《ふじたつぐはる》の作品でもいいな」

「パスキンの六号の油彩画があります」

「本当に⁉　どんなに高くても、手に入れたいな。エコール・ド・パリ――パリ派と呼ばれてる画家たちになぜか惹《ひ》かれてるんだ。亡父の遺産が入ったんで、そちらの言い値で引き取りましょう」

「ありがたいお話ですが、少し取り込んでいますの。奥の商談室でお待ちになっていただけますか？」

「あまり時間がないんだ。人と会う約束があるんですよ」

「困りました」

「オーナー、わたしたちのことは気にしないで、すぐにお客さんと商談に入ってくださいよ。それで、わたしたちの先月分のお給料を払ってほしいわ」

三人連れのひとりが裕子に言った。

「詩織《しおり》ちゃん、お客さまがいらっしゃるのよ」

「何も見栄を張ることはないでしょ？　わたしたちだけじゃなく、黒服の人たちも先月分の給料をまだ払ってもらってないことは事実なんですから」

「ちょっと手違いがあって、支払いが遅れてるだけよ」

「一週間前にも同じ言い訳を聞きました。でも、いっこうに先月分は振り込まれなかった。オーナー、わたしたちはもう店を辞めます。いますぐ先月分を払ってください」

「もう一日か二日だけ待ってちょうだい。お願いよ。コレクターからピエール＝オーギュスト・ルノワールの初期の作品を譲ってもらえることになったんで、少しまとまった額の手付金をお支払いしたの。いろいろ入金予定があるんで、あなたたちには迷惑はかけないわ」

「もう待てません。こちらにパスキンの絵を売ってくださいよ」

「その油彩画は別の場所に保管してあるのよ」

「オーナー、本当なの？　はったりを言ったんじゃありません？」

詩織と呼ばれた女が鼻先で笑った。『蒼風堂』の女社長が眉根《まゆね》を寄せる。だが、何も言わなかった。

「あなたたちは？」

尾津は詩織に訊いた。

「六本木の『恋の館』というクラブで働いてるんですよ、わたしたち。でも、もう三人とも店は辞めます。いまどきお給料の遅配をしてるようなとこは、そのうち潰れますから」

「どんな商売も波がある」

「お客さん、ギャラリーに飾られてる絵で気に入ったのがあったら、買ってやってくれませんか。そうすれば、わたしたちの先月分のお給料も払ってもらえるでしょうから」

「そうしてやりたいが、欲しい絵が一枚もないんだよ」

「そうなんですか」

詩織がいったん言葉を切って、女社長に顔を向けた。

「オーナー、展示されてる油絵を一点ずつ三人に担保として預からせてくれませんか。先月分と今月分の支払いを確認したら、必ず返します」

「そんなことはさせないわ。どれも、あなたたちのお給料より高い名画なんだから」

「力ずくでも持って帰ります」

「そんなことをしたら、一一〇番するわよ」

裕子が柳眉《りゅうび》を逆立《さかだ》てた。

詩織が頬を膨らませ、同僚ホステスに目配せした。三人のホステスは壁に走り寄り、掛けられている油彩画の額に手を掛けた。

「あなたたち、やめなさい！　それじゃ、泥棒と同じでしょうが！」

「オーナーにそんなこと言える資格があるの！　お給料をちゃんと振り込んでくれないから、こういう手段をとったのよ。悪いのは、そっちでしょ。違う？」

「お金は払うわよ」

「いつ払ってくれるわけ？」

「数日中には必ず……」

「その言い訳は、もう通用しないわ。明日中に振り込みがなかったら、担保に預かった油絵は別の画商に引き取ってもらいます」

「そんなことさせるもんですかっ」

裕子が詩織を引き倒し、ほかの二人を突き飛ばした。床に転がった詩織が真っ先に起き上がり、裕子の髪の毛を引っ摑んだ。

二人は揉《も》み合いはじめた。二人のホステスが詩織に加勢し、『蒼風堂』の女社長を組み伏せる。

「離れなさい！」

裕子が叫んで、全身で暴れた。スカートの裾《すそ》が乱れ、太腿《ふともも》が露《あらわ》になった。詩織たち三人は息を弾ませながら、懸命に裕子を押さえつけている。

尾津は肩を竦《すく》め、『蒼風堂』を出た。

スカイラインに乗り込み、白戸にかいつまんで経過を話す。

「本業の画廊も副業のクラブ経営もうまくいってないんだったら、安田裕子が名画の贋作をネット販売してるって情報は虚偽《ガセ》じゃない気がするな」

「少し『蒼風堂』の女社長をマークしてみよう。安田裕子が売れない画家に名画の贋作をやらせてるんだったら、追い込みやすくなるからな」

「そうだね。贋作のことを牧に知られて毎月百万ずつ指定された口座に振り込みつづけてたとしたら、女社長が脅迫者を永遠に眠らせる気になったとしても不思議じゃないな」

「ああ。裕子がそうした闇ビジネスをしてるとしたら、名画中の名画の贋作はやらせてはいないだろう。絵画のことはよく知らないが、ゴッホとかレンブラントの作品の贋作をネットで売ったりしたら、詐欺だと見破られてしまう」

「そんなとろいことはしてないと思うよ。もう少し知名度の低い画家の作品の贋作を金持ち連中に騙《だま》して売ってるんじゃないのかな?」

「そうなんだろう。名画の複製や摸倣画では高く売れない。そのことを明らかにしてれば、別に罪にはならない。しかし、名画と称して贋作を売ったら、れっきとした詐欺罪だ」

「そうだね。画商の安田裕子が詐欺で捕まったら、二度とギャラリー経営はできない。ほかのビジネスで再起するとしても、おそらく成功しないだろうな。商売は信用が第一だからさ」

「裕子にはそんな弱みがあったんで、牧に口止め料を払いつづけるしかなかったんだろう」

「そうなんだろうね。金を持ってる奴らはステータスとして世界の美術品を集めたりしてるが、絵画に造詣《ぞうけい》が深いわけじゃない。それらしい鑑定書が付いてれば、疑うこともなく名画の贋作を何百万、何千万円で購入しちゃってるんだろうな」

「多分、そうなんだろう。著名な画家の名画なら、まず値が下がることはない。それだから、昔から美術品には贋作がつきものなんだ」

「聞くところによると、いわゆる名画は真作一点に数百から数千の贋作があるんだってね。そのうちの何割かは、高値で売買されてるにちがいない」

「これは又聞きなんだが、資産家のコレクターがとんでもない贋作を摑まされても、売り手を刑事告訴するケースが少ないそうだよ」

「自分に鑑識眼がなかったことを世間に知られてしまうからじゃない？」

白戸が言った。

「当たりだよ。被害者は、金を持ってるだけの成り上がり者と思われたくないんだろう。それから、ベテランの画商でもうっかりすると、名画の贋作を摑まされることがあるようだぜ」

「そんなときは泣き寝入りしてるんだろうか」

「そんなお人好しはいないそうだ。画商たちは贋作を何喰《く》わぬ顔して、美術に疎《うと》いリッチマンに売りつけてるらしいよ」

「まるでトランプのババ抜きみたいだな。誰だって、いつまでもババは持っていたくないわけだから、贋作を買ってしまった奴は別の人間に売るんだろう」

「白戸、そうらしいんだよ。被害者が加害者になり、新たな被害者がまた加害者になる。ババ抜きゲームはなかなか終わらない」

「贋作といっても、時には真作をはるかに凌《しの》ぐような優れた作品があるんじゃないの？」

「どんなに出来がよくても、贋物は贋物さ。真作みたいな価値はない」

「それはそうだろうね。画商がババを摑まされて別の者に売りつけるとき、『これは真作です』と言わなきゃ、詐欺容疑では立件できないんじゃないの？」

「仮に『真作です』と買い手に言っても、自分は前の所有者から真の名画だと伝えられてたと主張すれば、起訴されなくて済むそうだよ」

「ひどい話だな。そういう抜け道があるわけか。商道徳はどうなってるんだっ。おれが憤《ふん》慨《がい》しても仕方ないけどさ」

「そうだな。安田裕子は色でプロの鑑定家を骨抜きにして、贋作を真作と鑑定させてるのかもしれない。最近の贋作は鑑定家泣かせと言われるぐらい実によくできてるそうだよ。実際、専門家も真贋鑑定を誤《あやま》ってしまうらしいんだ」

「なぜ、それほど巧妙に真作を真似られるんだろうか」

「高度技術《ハイテク》のおかげなんだってさ。顕《けん》微鏡《びきよう》や紫外線による表面検査だけじゃなく、エックス線写真を撮り、さらに中性子放射化分析をやれば、画布材、下塗り材、顔料もわかるそうなんだ」

「へえ」

「贋作をやってる奴は高度な検査器具を使って、最初に真作の画材布や絵の具の化学組成などを調べ上げるらしいよ。真作の分析をしてるのは元美術館員や鑑定家崩れが圧倒的に多いようだ」

「そういった奴らは金を握らされて、贋作組織に協力してるわけだね？」

「十七、八世紀の有名画家の作品は数十億円の値がついてるようだが、近代画でもルノワールあたりの小品でさえ一億円程度で取引されてるらしい。モディリアーニ、ゴーギャンの作品は値が上がる一方だって話だったな」

「贋作を真作と思い込んでくれる富裕層がたくさんいたら、おいしい闇ビジネスだね」

「そうだな。ぱっとしない画家の中には、摸倣画の天才が何人かいるらしいんだよ。おそらく裕子はそうした売れない洋画家に巧みに接近して、名画の贋作をバイトでやってみないかと誘いかけてるんじゃないのか？」

　尾津は言った。

「そうなんだろうね。喰うや喰わずの生活をしてた貧乏絵描きが名画の贋作を仕上げたら、四百万、五百万の謝礼を得られると聞けば……」

「その気になると思うよ。プライドの高い貧乏絵描きも喰っていかなきゃならない」

「そうだね。霞《かすみ》を喰ってるわけじゃないから、生活費は必要だ。妻子がいたら、危《ヤバ》いことをしてでも銭を稼ごうって気になるだろうね。女房か子供が難病と闘ってるとなったら、名画の贋作を引き受けるんじゃない？」

「そうだろうな」

「尾津さん、相手は女なんだ。こっちの身分を明かして、ちょっと詰問すれば、裕子は名画の贋作販売で荒稼ぎしてたことを自白《ウタ》うんじゃないの？　それから、その弱みに牧につけ込まれてたかどうかもさ」

「いや、『蒼風堂』の女社長はもっと強《したた》かだろう。そのぐらいのことじゃ、観念しないと思うよ」

「やっぱり、裕子が名画の贋作組織を動かしてるという証拠を押さえないと、捜査は進まないか」

「とにかく、安田裕子の動きを探ってみようや」

「了解！」

白戸が短く応じた。

ちょうどそのとき、『蒼風堂』から詩織たち三人のホステスが出てきた。額縁ごと展示絵画を抱えている者はいなかった。彼女たちは女社長に言いくるめられて、ひとまず引き揚げる気になったのだろう。

「尾津さん、あの三人が六本木のクラブで働いてるんでしょ？」

「そうだ」

「三人のうちの誰かが女社長の裏ビジネスのことを知ってるんじゃないの？　おれ、ちょっと情報を集めてくるよ」

「行っても無駄骨を折るだけさ。三人のうちの誰かが女社長のダーティー・ビジネスのことを知ってたら、給料の遅配なんかさせないよ。それどころか、『恋の館』のオーナーでもある裕子から一、二年遊んで暮らせるぐらいの口止め料を毟《むし》ってるだろう」

「そっか、だろうね」

「裕子が動きだすのを待とう」

尾津は背凭れを少し倒した。

2

画廊のシャッターが下がりはじめた。

ちょうど午後八時だった。店仕舞《じま》いだろう。

尾津は覆面パトカーの中で、ハンバーガーを頬張っていた。飲みものはコーラだった。

白戸はすでにビッグバーガーを三個平らげ、膨れた腹を満足げに撫《な》でている。眠そうだった。

「白戸、運転を交代してもいいぞ。居眠り運転で事故を起こされたら、対象者《マルタイ》の尾行を中止せざるを得なくなるからな」

「大丈夫だよ。ちゃんと運転するって」

「頼むぜ。二人の女性従業員を帰したら、安田裕子も店から出てくるだろう。そしたら、尾行開始だ」

「了解!」

会話が途絶えた。尾津は残りのハンバーガーを口の中に入れ、紙コップ入りのコーラを飲み干した。

室長の能塚から尾津に電話があったのは、数十分前だ。聞き込みを終え、勝又主任とともに分室に戻ったそうだ。

尾津は『蒼風堂』のオーナーを尾けるつもりでいることを伝え、室長との通話を切り上げた。能塚は間もなく勝又を帰宅させ、自分は尾津・白戸コンビが捜査に区切りをつけるまでアジトに居残るつもりなのだろう。いつもそうしていた。

『蒼風堂』の潜《くぐ》り戸が開き、二人の女性従業員が姿を見せた。彼女たちは何か言い交わしながら、銀座六丁目方面に歩きだした。

「尾津さん、二人の従業員が裕子のダーティー・ビジネスに薄々気づいてるとは考えられないかな？」

「それは考えられないと思うよ。そうだったとしたら、彼女たちは『蒼風堂』を辞めるさ。自分たちも名画の贋作ビジネスに関わってると疑われたくないだろうからな」

「そうだろうね。彼女たちを追いかけて、話を聞いても無駄か」

「安田裕子をちゃんとマークしてれば、贋作画をネットで売り捌《さば》いてるかどうかわかるだろう」

「おれ、ネット販売の件で疑問に感じてたことがあるんだ。不特定多数の客に名画を譲ると書き込んだらさ、すぐに贋作を売りつけてるんじゃないかと疑われるでしょ？」

「そうだな。表向きは名画の摸写画を売ってることになってるんだろう。しかし、摸写画の相場の百倍程度の値を付けてあるんじゃないか」

「どういうことなの？」

「絵画コレクターは、それで出品されてるのは名画の複製や摸写画じゃないと察するんじゃないかな」

「ああ、そういうことか。客たちは絵画コレクターたちの誰かが急に名画を換金する必要があって、売りに出したのではないかと推察するってわけだね？」

「そうなんだと思うよ。安田裕子は名画の贋作を美術品の闇市場にも流してるのかもしれないぞ。美術館やコレクターの自宅から盗まれた名画は、まともなオークションに出品できない。信用のある画廊に買ってもらうわけにはいかないだろ？」

「それはそうだね」

「詳しいことはわからないが、多くの先進国には美術品や工芸品のブラックマーケットがあるらしいんだ」

「おれも、そういう話は聞いたことがあるよ。盗まれた名画が密かに売買されてるみたいだね」

「裕子は、そういう闇市場にも名画の贋作を流してるんじゃないのか。絵画を投資目的で買い漁《あさ》ってる資産家たちは、名画の真贋を見分ける眼があるわけじゃない。プロの鑑定家たちのお墨付きなら、信用して贋作画でも買ってしまうだろう」

「それどころか、盗品と知ってても、名画なら購入しそうだね」

「だろうな。いまの段階では、安田裕子が貧乏な画家に名画の贋作画を描かせてるかどうか、まだわからない。まず、そいつを確かめないとな」

尾津は口を閉じた。

その直後、『蒼風堂』から安田裕子が出てきた。裕子は新橋方面に百メートルほど歩き、元銀座日航ホテルの前でタクシーを拾った。

白戸が捜査対象者を乗せたタクシーを慎重に追尾する。

タクシーは二十分ほど走り、六本木通りに面した白っぽい飲食店ビルの前で停まった。

白戸がタクシーの数十メートル後方で、スカイラインをガードレールに寄せる。

裕子がタクシーを降り、白っぽい八階建ての飲食店ビルの中に消えた。馴《な》れた足取りだった。

尾津は、飲食店ビルの袖看板《そでかんばん》を見上げた。三階に『恋の館』の店名が掲《かか》げられている。

「女社長は、自分がやってるクラブにいつも顔を出して少しでも売上をアップさせようと努力してるようだね」

白戸が言った。

「おまえは、まだ面が割れてない。少し経《た》ったら、客になりすまして『恋の館』に入ってくれ」

「そういう任務は大歓迎だよ。ついでにホステスを口説《くど》くか。今夜すぐにホテルに連れ込める娘《こ》はいないと思うが、何回か通えば、きっと落とせる女がいるにちがいない。先月分の給料をまだ貰ってないホステスがたくさんいるみたいだからさ」

「ホステスに言い寄るのは、別の機会にしろ。いいな?」

「わかったよ」

「裕子はプロの美術鑑定家たちを自分のクラブで接待し、札束を握らせてインチキな鑑定書を書かせてるのかもしれない」

「美術館の幹部職員は金だけじゃ動かないでしょ? 金は邪魔にならないけどさ」

「そうだろうな。裕子はインチキな鑑定書を得るために金だけじゃなく、熟《う》れた肉体を提供してそうだ」

「そう考えてもいいと思うよ。女社長はもう若くないけど、まさに女盛りだ。中高年の男にとっても、二十代の女よりも性的欲望をそそられる存在なんじゃない?」

「それは間違いないだろう。若い女と違って男の体を識《し》り尽くしてるはずだし、自身も性の悦《よろこ》びが深いにちがいない」

「三十女とのナニは濃厚だから、たっぷりと娯《たの》しめるからね。たいがいの野郎が病《や》み付きになっちゃうと思うよ。尾津さんも三十女とのナニは好きでしょ?」

「白戸、話を脱線させるなよ。とにかく、そのへんを探ってきてくれ」

「合点でさあ」

「あまり深酒するなよ。遊びじゃないんだからな」

尾津は釘をさした。

白戸がにやついて、スカイラインの運転席から出た。ガードレールを跨《また》ぎ、目的の飲食店ビルに向かった。蟹股《がにまた》で、おまけに肩をそびやかしている。

どう見ても、暴力団関係者にしか映らない。『恋の館』の黒服に入店を断られるのではないか。あり得ないことではないだろう。

白戸が飲食店ビルに足を踏み入れた。

尾津は煙草をくわえた。一服し終えたとき、上着の内ポケットで私物の携帯電話が打ち震えた。

手早くモバイルフォンを摑み出し、ディスプレイに目をやる。電話をかけてきたのは、元ＳＰの深町杏奈だった。にわかに心が弾みはじめる。ときめいているのか。

「まだ職務中かしら？」

「うん、まあ」

「そうなのね。それじゃ、直《じか》にスカウトはできないな」

「スカウト？」

「ええ、そう。わたし、個人で要人のガードを引き受けてるわけだけど、ひとりじゃ限界があるのよ」

「だろうな」

「それだから、民間のシークレット・サービスの会社を設立することにしたの。現職刑事とSPを四、五人スカウトしたいと考えてるのよ」

「そう。しかし、おれはきみのようにSPだったわけじゃない。成功者たちをガードし切れる自信はないな」

「あなたなら、依頼人たちを護《まも》り抜けるはずよ」

「そいつは買い被りってやつだな」

尾津は面映《おもはゆ》かった。しかし、悪い気はしない。気になる女性におだてられたことは不快ではなかった。

「あなたをスカウトしたくて、ちょっと調べさせてもらったの。本庁に転属されるまで、渋谷署刑事課で強行犯係の主任を務めてたんでしょ？」

「そうなんだ」

「多くの難事件を落着させて、何回も警視総監賞を授与された。たいしたもんだわ。掛け値なしの敏腕刑事ね」

「もうやめてくれよ。尻《けつ》がむず痒《がゆ》くなるからさ」

「うふふ。でも、血の気が多いのが短所かしらね。不倫した奥さんの相手の男をとことん痛めつけちゃったんでしょ？　離婚した元妻は郷里の北海道に戻ったようね？」

「そんなことまで調べ上げたのか⁉」

「当然じゃない？　わたしの片腕というか、知恵袋になってもらいたい男性のことはよく知っておきたいのよ」

「そういうことか」

「女性関係は乱れてるようだけど、特定の彼女はいない。そうよね？」

「ああ。きみを彼女にしたいもんだな」

「あら、ずいぶん女擦《ず》れしてるようね。それはそれとして、二年半ほど前に新設された迷宮捜査班分室の仕事には満足してる？　食《は》み出し者たちの吹き溜《だ》まりと陰口をたたいた人もいたけど」

「マイナーなセクションかもしれないが、居心地は悪くないよ。もともと出世欲はないんでね。おれは凶悪犯罪の現場捜査が好きなんだ。加害者を割り出して、追いつめるスリルがたまらないんだよ」

「そうなの。わたし、これからのボディーガードの仕事は依頼人を体を張って護衛するだけではビジネスとして発展しないと考えてるの」

「番犬に留《とど》まってはいけないってことか」

「ええ、そうね。依頼人に危害を加えそうな暴漢やテロリストを事前に突きとめて、襲撃を断念させるサービスも必要だと思うの」

「なるほどね」

「場合によっては、危険人物を痛めつけてもいいと思うわ。無頼な面もある尾津さんには、そういう仕事もこなしてほしいのよ」

「ちょっと待ってくれ。おれはスカウトに応じると言ったわけじゃないぜ。いまの仕事には満足してるんだ。別に腐ってるわけじゃないから、依願退職する気はない。せっかくの話だが……」

「年俸千五百万は保証するわ」

「しゃかりきになって稼ぐ気はないんだ」

「でも、女遊びするにはそれなりの〝軍資金〟がいるんじゃない？」

杏奈が笑いを含んだ声で問いかけてきた。

「まあ、それはね」

「でしょ？　わたしも公務員だったから、俸給が安いことは知ってる」

「人生、金だけじゃないからな」

「わかったわ。いますぐに辞表を書けとは言いません。公務員が何かで副収入を得ることは禁じられてるけど、こっそり力を貸してほしいの。依頼人の護衛はわたしが務めるから、あなたには……」

「依頼人と何かで揉めてる人物に不穏《ふおん》な動きがないかどうかチェックしてくれってことだな？」

「ええ、その通りよ。依頼人を敵視してる人間が暴力に訴える前に戦意を殺《そ》いでほしいの。もちろん、相応の謝礼はお支払いするわ」

「現職のまま、謝礼を受け取るわけにはいかないよ」

「あら、意外にスクエアなのね」

「物事のけじめはつけたいし、筋も通したいんだ」

「つまり、金品は受け取れないってことね？」

「そう」

「ボランティア活動として、わたしをサポートしてほしいとお願いしても無理でしょうね」

「おれはそこまでお人好しじゃないよ。なんらかの見返りがなきゃ、きみの手伝いはできないな」

「どういう見返りなら、手伝っていただけるのかしら？」

「リボンを付けた裸の女を差し出されたら……」

「高級娼婦を供してくれってことね？」

「プロの女は抱き飽《あ》きた。ベッドテクニックは抜群だが、やっぱり味気ない。情感の伴《ともな》わないセックスは事後、白々しい気分になるからな」

「どうすればいいんだろう？」

「きみがベッドを共にしてくれるんだったら、協力してもいいよ」

尾津は冗談めかして打診してみた。

「ずいぶんストレートな誘い方ね」

「どうだい？」

「わたしに力を貸してくれるんだったら……」

「オーケーかい？」

「ええ、いいわ」

「仕事を手伝う前に手付金代わりに一度抱き心地を味わわせてもらえると、嬉しいんだがね」

「そのリクエストに応《こた》えるほど、わたし、サービス精神はないわ」

「言ってみただけだよ」

「本当に女擦れしてるのね」

「それは否定しないが、おれは情《じょう》を交わした相手を騙したことはない。気のある振りをして相手の体を弄《もてあそ》んだりしたことはないんだ。もちろん、金をたかったこともない」

「きれいな遊び方をしてきたのね？」

「そう言ってもいいと思うよ」

「近々、あなたの手を借りることになるかもしれないわ。明日から身辺護衛をすることになってる依頼人が誰かに命を狙われてるようなの」

「その話、もっと詳しく教えてくれないか」

「サポートしてもらうとき、具体的なことを教えるわ。また、連絡します」

杏奈が電話を切った。尾津は携帯電話を耳に当てたまま、甘やかな余韻《よいん》に浸った。

捜査を途中で切り上げて、杏奈と二人だけで飲みたい衝動に駆られた。しかし、そうするわけにはいかない。

尾津は杏奈の裸身を想像しはじめた。

元美人ＳＰは、着痩《きや》せするタイプなのではないか。肢体《したい》は肉感的で、乳房は豊満な気がする。色白で、腿《もも》はむっちりしていそうだ。和毛《にこげ》はほどよい量なのではないか。あまり毛深いと、興醒《きょうざ》めしてしまう。

杏奈は、そのへんの女優が裸足《はだし》で逃げ出したくなるような美人だ。それでいて、取り澄ました印象は与えない。

少女のころから、異性には好かれてきたのだろう。過去には深い関係の男たちが何人かいたと思われる。

杏奈は、性的には開発し尽くされているにちがいない。開発も、男の娯《たの》しみの一つだ。クリトリスでしか深い快感を得られなかった相手に、Ｇスポットによるエクスタシーを与えたときは何か偉業を成《な》し遂《と》げたような達成感を味わえた。

杏奈は極《きわ》みに駆け昇ったとき、どんなふうに反応するのか。官能の海に溺《おぼ》れた瞬間、絶世の美女が般若《はんにゃ》のような面相になったことがある。

逆に醜女《しこめ》が天女のような表情で、悦楽のスキャットを洩らしたこともあった。杏奈は美しい顔のままで、快楽のうねりに揉まれそうだ。その痴態をこの目で見てみたい。

淫《みだ》らな情景を思い描いていると、いっこうに退屈しなかった。待つ時間が少しも苦にならない。それどころか、白戸に長く『恋の館』に留《とど》まってほしいという気持ちになった。

巨漢刑事が飲食店ビルから現われたのは、十時二十分ごろだった。

「だいぶ飲んでるようだな？」

尾津は、運転席に腰を沈めた白戸に声をかけた。

「情報を集めてるうちに、スコッチのロックを十杯前後ね。一杯目は水割りにしたんだけど、二杯目からロックに切り替えたんだ」

「ま、いいさ。それで、収穫はあったのか？」

「あった、あった。ホステスたちの話を総合すると、『恋の館』は開店後一年もしないうちに赤字経営に陥って、ずっと同じ状態がつづいてるそうだよ」

「やくざ者が入り浸って、一般客の足が遠のいたのかな？」

「そういうことはなかったってさ。オーナーの安田裕子は上客に美術界の話や著名な画家のエピソードばかりして、どうも閉口させてたようだね。その上、その世界に不案内な客を軽蔑するような言葉を吐いたりしたんだってさ」

「オーナーがそんなふうじゃ、客足は鈍《にぶ》っちゃうだろうな。高い金を払ってクラブで飲んでる男たちは社会的にはそこそこの地位を得てるんだろうが、それぞれストレスを抱えてる。誰も息抜きしたいのに、そんな具合じゃな」

「そんなわけで、いつしか美術関係者が通う店になっちゃったらしい。でも、オーナーは美術館の館長、プロの鑑定家、美術誌の編集長なんかからは、わずか五千円しか取らないんだってさ」

「いまどき〝学割〟でも五千円で飲ませてくれるクラブなんか、ほかには一軒もないだろう」

「ないはずだよ。時には、そういった連中から一円も取らないこともあるらしいんだ。そうした客は、美術コンクールの審査員を務めてるという話だったな」

「読めたよ。安田裕子は自分のギャラリーに絵を委託《いたく》してる新人や中堅画家に大きな賞を獲《と》らせて、絵画の価値をアップさせる気なんだろうな」

「ホステスたちも、それが狙いだろうとはっきり言ってたよ。有力な審査員にオーナーが分厚い封筒を手渡すとこを見たというホステスも複数いたんだ。中身は札束だろうね」

「誰かも、そういう〝お車代〟を貰ってたんじゃなかったか？」

「うちの分室には、そういう不心得者はいないよ」

「そういうことにしておいてやろう」

「尾津さん、人聞きの悪いことを言わないでよ。そんなことより、話を戻さなきゃね。裕子は根回しをして、新人や中堅画家に美術コンクールの賞を獲らせたんだけど、そいつらの絵が高くなることはなかったみたいだね」

「もともと実力のある絵描きじゃなかったんだろうから、インチキな手を使って賞を獲らせても、作品の価値が上がるわけないさ」

「そうだよね。そんなことで、本業はもちろん副業も儲けは出てないみたいだよ。女社長は苦し紛れに名画の贋作画を売ることを思いついたんだろうな」

「店に贋作を手がけてる売れない画家らしい者が飲みに来てるのか？」

「そういう連中の姿は見ないそうだが、裕子は元公立美術館長でプロの美術品鑑定家の山《やま》岸岳《ぎしたけし》、六十一歳と親密な関係にあるみたいなんだ」

「その山岸は、店にいたのか？」

「いたよ。奥の席で裕子を侍《はべ》らせてた。銀髪で、ハンサムなんだ。若いときは女にモテモテだったんじゃないかな」

「そうか」

「若いホステスに万札をテーブルの下で渡したら、裕子は広尾《ひろお》にある自宅マンションに山岸を泊めてるようだと教えてくれたよ。裕子は贋作画の鑑定書を山岸に書いてもらってるんじゃない？」

「そう疑いたくなるよな。山岸岳は独身じゃないんだろう？」

「大学で西洋美術史を教えてる女房と関西に嫁いだ娘がひとりいるらしい。山岸はどうも女房とうまくいってないみたいで、離婚して裕子と一緒になりたがってるそうだよ」

　白戸が答えた。

「裕子はずっと独身なのか？」

「ホステスたちの話によると、女社長は美大を出てから父親の弟子と結婚したらしい。父親は、割に有名な日本画家だったんだってさ。六年前に病死したって話だったな」

「裕子は父親の弟子と結婚したわけだが、その後は？」

「一年数カ月で離婚したって話だったよ。真偽はわからないけど、旦那は両刀遣い《バイセクシャル》だったんだってさ。それで裕子は離婚して老舗の画廊で働き、五年前に父親の遺産で『蒼風堂』をオープンさせたようだね」

「そうか。しかし、画廊経営は軌道に乗せられなかった。で、裕子はクラブ経営を副業にした」

「だけど、それもうまくいかなかったわけだ。だから、名画の贋作画を売る気になったんじゃないのかな」

「そうなんだろう。白戸、おまえに運転を任せるわけにはいかない。助手席に移れ」

尾津はスカイラインを降り、フロントグリルを回り込んだ。白戸もいったん車から出て、助手席に腰を沈めた。

二人は、そのポジションで張り込みを続行した。

裕子が銀髪の六十年配の男と白っぽい飲食店ビルから出てきたのは、午後十一時十分ごろだった。

「裕子と一緒にいるのが山岸だな?」

尾津は白戸に確かめた。白戸が大きくうなずく。

裕子たち二人は、通りかかったタクシーに乗り込んだ。そのタクシーが遠ざかってから、尾津はスカイラインを発進させた。数台の車を挟みながら、追尾しつづける。

タクシーが停まったのは、広尾二丁目にある十一階建てのマンションだった。

尾津は車を路肩に寄せ、手早くライトを消した。タクシーを降りた裕子は山岸に身を寄せながら『エスリール広尾』のアプローチをゆっくりと進み、エントランスロビーに入っていった。

「今夜は、ここまでにしよう」

尾津はヘッドライトを灯《とも》した。

3

ノートパソコンを閉じる。

絵画販売のあらゆるサイトを覗いてみたが、名画の贋作販売を匂わせる文言は見当たらなかった。尾津は溜息をつき、ノートパソコンをドア・ポケットに戻した。

スカイラインの助手席だ。前日に引きつづき、尾津は白戸と『蒼風堂』の近くで張り込んでいた。午前九時過ぎだ。

二人の女性従業員は出勤しているが、まだオーナーの裕子は自分の画廊に顔を出していない。

『エスリール広尾』には、能塚・勝又コンビが張りついている。裕子は美術品鑑定家の山岸と情熱的に求め合って、いつも通りの時刻に起きられなかったのだろうか。

「検索しても、ヒットしなかったみたいだね？」

白戸が言った。ステアリングを両腕で抱え込むような姿勢だった。

「それらしきサイトはなかったな」

「闇サイトで名画の贋作を売ってるのかもしれないが、特殊なキーワードを使わないと、アクセスできない仕組みになってるんじゃないのかな？」

「そうなんだろう。思いつくキーワードを打ってみたんだが、怪しいサイトにはたどり着けなかったんだよ」

「そう」

会話が途切れた。

その数秒後、尾津の上着の内ポケットで官給携帯電話が鳴った。発信者は能塚室長だった。

「少し前に『エスリール広尾』の地下駐車場から、安田裕子の運転する白いポルシェが出てきた。大久保ちゃんが運転免許本部から引っ張ってくれた女社長の顔写真《ガンクビ》より、ずっと色っぽいな」

「室長、助手席に山岸岳は坐ってます？」

「ああ、坐ってる。画廊の女社長と情熱的に肌を貪り合ったみたいで、だいぶお疲れの様子だよ。けど、六十男が三十代半ばの熟女とベッドを共にできるんだから、果報者と言えるんじゃないのか」

「そうかもしれませんが、払った代償は大きいんでしょう。山岸は金と女の肉体を餌《えさ》にされて、名画の贋作を真作だと鑑定させられてるようですから」

「ま、そうだな。元公立美術館の館長はリスキーなことをしてるんだろうが、女房とうまくいってないんで、もうどうなってもいいやって捨て鉢になったんじゃないか。男の平均寿命も八十五歳に達したらしいが、六十代になりゃ、たっぷり人生の残り時間があるとは言えない」

「ま、そうですね」

「おれもかみさんと大喧嘩したときなんか、半ば本気で家庭を棄《す》てちまおうかなんて思ったりするよ。妖艶な美女とくっつく当てがあるんだったら、蒸発しちゃうかもしれない」

「奥さんにはいろいろ苦労をかけたんじゃないですか？　室長は、なにせ頑固だからな」

「確かに女房には何かと我慢させてきたな。罰当《ばち》たりなことを言っちゃ、まずいか？」

「そうですよ」

「おっと、ポルシェが地下鉄広尾駅の横で停まった。山岸が車から降りて、駅の階段を下っていった。地下鉄で都立《とりつ》大学駅の近くにある自宅に戻るようだな」

「ええ、そうなんでしょう。裕子はこっちに来るな」

「と思うよ。おれたちは車で目黒区碑文谷《ひもんや》にある山岸の自宅に行って、ちょいと揺さぶってみらあ」

「わかりました。何か動きがあったら、すぐに報告します」

尾津は電話を切り、白戸に通話内容を伝えた。

「室長は山岸が女社長と親密な関係であることを揺さぶりの材料にするつもりなんだろうけど、効果はないんじゃないの？　山岸は浮気のことがバレても、別に狼狽しないと思うな。むしろ、女房と別れるきっかけができたと喜ぶんじゃない？」

「だから、インチキな鑑定書なんて書いてないとシラを切る？」

「そうだろうね。贋作画や偽の鑑定書を警察に押収されりゃ、山岸は観念すると思うけどね」

　白戸が言った。

「山岸は安田裕子に骨抜きにされてしまったんだろうから、とことん画廊の女社長を庇《かば》い通しそうだな。それから、自分の晩節を汚したくないという思いもあるはずだ」

「美術館の元館長でプロの鑑定家なんだから、プライドには拘《こだわ》るでしょ？　裕子が罪を認めるまで、山岸岳は頑として空とぼけるんじゃないの？」

「おまえの読みは外れてないだろう」

「それにしても、女は魔物だね。六十男をやすやすと抱き込んじゃうんだからさ」

「女は怖いな。おれも女の嘘や涙に騙されて、苦い思いをしたことがあるよ。それでも、性懲《しょうこ》りもなく……」

「いい女に言い寄っちゃうんだ？」

「そうなんだよな。よく言われてることだけど、本質的に男はロマンチストだからね。純情ぶってる女も、根はリアリストだ。女たちにうまく利用されるのは、男の宿命なんだろう」

「かもしれないね」

「しかし、女嫌いにはなれない」

「そうだね。悪女ほど魅力的だからな。男心のくすぐり方を知ってて甘え上手なんだけど、時には冷たくなったりする。多面性のある女はどこか謎めいてるから、余計にのめり込んじゃうんだよね？」

「白戸も何度か煮え湯を飲まされたことがあるようだな？」

「実は二、三度……」

「自己弁護に聞こえるだろうが、女に利用された男のほうが人間臭くていいよ」

「そうだよね。しかし、キャバ嬢に何億も貢《みつ》がされた男は悲劇だよ。自分で金の工面をできなくなって、勤め先で横領して逮捕《パク》られたら、そこで人生は終わりでしょ？」

「終わりだとは言い切れないが、人生をリセットするのはたやすくないだろうな。お互いに悪い女に引っかからないようにしようや」

尾津は言って、煙草をくわえた。

車内が沈黙に支配される。もう間もなく裕子は『蒼風堂』に姿を見せるだろう。尾津は、そう予想していた。

だが、裕子はいっこうに現われない。商談で、どこかに立ち寄っているのか。

「おまえ、客に化けて『蒼風堂』の女性従業員から裕子のスケジュールをさりげなく聞き出してくれないか」

尾津は言った。

「それはいいんだけどさ、おれ、油絵を買うように見える？」

「絵画に興味があるようには見えないだろうな」

「だったら、従業員たちに不審がられるんじゃないの？」

「組長の誕生祝いに十号ぐらいの油彩画をプレゼントしたいんだと言って、予算内で女社長に作品を選んでほしいとでも話を切り出すんだな」

「ヤー公を装うのは、なんか気が進まないな」

「だったら、格闘家に化けろよ」

「それがいいね」

白戸が指を打ち鳴らし、スカイラインを降りた。通りかかった車をストップさせ、通りの反対側に移る。

尾津は紫煙をくゆらせはじめた。張り込み中は、いつも煙草の本数が増える。緊張をほぐすためというより、眠気覚ましだった。
七、八分経《た》つと、白戸が戻ってきた。ドアを閉めてから、彼は口を開いた。
「女社長は三時過ぎにならなきゃ、画廊には現われないってさ。ベテランの洋画家たちのアトリエを回って、作品を委託販売させてもらえないかって頼みに行ってるらしい」

「そうなのか。新人や中堅画家の作品を多く扱ってたんでは、ギャラリーの格が上がらないんだろうな」

「そういう話だったね。通常、『蒼風堂』は展示作品が売れたら、売価の三十パーセントから四十五パーセントの手数料《コミッション》を取ってるんだってさ。名の売れた画家にはコミッションはわずか五パーセントでいいと交渉してるらしいんだけど、まだ一点も委託契約は結べてないみたいだな」

「一流の画家は老舗のギャラリーしか相手にしないんだろう。そのほうが高値で売ってくれるだろうし、手数料を多く払っても充分に儲かるにちがいない。それ以前に新興の画廊なんかに自分の作品を売らせたら、格が落ちると考えてるんじゃないか」

「そうなんだってさ。だから、著名画家の作品の販売を手がけることが女社長の悲願みたいだね」

「そうなんだろう。裕子はダーティーな裏仕事をやりながら、『蒼風堂』の建て直しをする気でいるようだな」

「でしょうね。だから、名のある画家たちにお願いに回ってるんだろう」

「女社長が来るのをぼんやり待ってたんじゃ、もったいないな。その店で早めの昼飯を喰ったら、交代で聞き込みに回ろう」

尾津は、前方の左手にあるパスタの店を指さした。

「聞き込み？」

「そうだ。銀座のギャラリーをくまなく回って、『蒼風堂』の評判を聞かせてもらうんだよ。名画の贋作をやってるなんて噂は流れてないだろうが、何か手がかりを得られるかもしれないじゃないか」

「そうだね。あまり期待はできないと思うけど、捜査は無駄の積み重ねだ。努力を惜《お》しんじゃいけないよな」

白戸が自分に言い聞かせるように呟いた。

コンビの二人は十一時半に車を降り、近くのパスタ料理店に入った。客は一組しかいなかった。どちらも、シーフード・パスタとカプチーノを頼んだ。

昼食を摂《と》り終えると、いつしか満席状態になっていた。二人はそれぞれ自分の勘定を払い、そそくさと店を出た。

パスタは値段の割には、ボリュームがあった。ただ、魚介類は多くなかった。カプチーノの味は本格的だった。

「先におれが聞き込みに回る。裕子が早く店に来たら、すぐ電話してくれ」

尾津は白戸に言って、並木通りの画廊を一軒ずつ訪ねた。

刑事であることを告げ、『蒼風堂』の評判を聞き出す。新興の画廊の存在を気にかける画商は皆無だった。妙な噂も耳にしたことはないという。

尾津は交詢社《こうじゆんしや》通りのギャラリーを回り、次にソニー通りに面した画廊の扉を押した。だが、手がかりは得られなかった。晴海《はるみ》通りを渡り、銀座一丁目まで歩く。収穫はなかった。尾津は踵《きびす》を返し、みゆき通りや金春《こんぱる》通りのギャラリーに入ってみた。結果は同じだった。

尾津は徒労感を覚えながら、張り込み場所に戻った。白戸が中央通りの向こう側を回ることになった。

能塚から尾津に電話があったのは、午後二時ごろだった。

「山岸は昨夜《ゆうべ》、六本木の『恋の館』で飲んだことは認めたが、安田裕子とは特別な間柄じゃないと言い張ったよ。それから、裕子の広尾のマンションには一度も行ったことがないとな」

「室長、どこで山岸に探りを入れたんです？」

「門扉《もんぴ》のとこだよ。かみさんは外出してると言ってたから、別に浮気のことを覚《さと》られる心配はないんだがな。山岸は本気で女社長に惚れてるわけじゃないんだろう。裕子にのめり込んでるように見せかけてるだけで、本当は家庭を棄《す》てる気なんかないんじゃないか」

「そうなんですかね」

「浮気してる男の大半は、真剣に離婚しようとなんか考えてないのかもしれないな。若い女と再婚するのも悪くないと思いつつも、いざとなったら、ためらってしまう。そういう奴が多いんじゃないか」

「そうなのかな」

「山岸も、そういう男のひとりなんじゃないのか。そう思えてきたね」

「能塚さん、鑑定書の件では探りを入れてみたんでしょ？」

尾津は訊いた。

「探りを入れるのは面倒だから、際《きわ》どい鎌のかけ方をしてみたんだ」

「どんなふうに？」

「ある美術誌の編集者が、山岸は美術品のインチキな鑑定をして荒稼ぎしてると言ってたと……」

「そんなにストレートな言い方したんですか⁉」

「おれの横にいた勝又は焦《あせ》ってたよ。それだからか、まだ真偽は確認してないんだと付け加えてた。余計なことを言ったもんだと舌打ちしたくなったよ」

「それで、山岸の反応は？」

「一瞬、うろたえたよ。図星だったからだろう。けどな、すぐにポーカーフェイスになって強く否認した。でも、山岸はおれの顔を正視しようとしなかった。目が合うと、すぐ視線を外したよ」

「そうですか」

「山岸は嘘をついてる。おれは、そう直感したね。伊達《だて》に刑事《デカ》をやってきたわけじゃない。おれの目は節穴じゃないんだ。山岸が裕子に頼まれて、名画の贋作を真作と偽《いつわ》る鑑定書を出したにちがいないよ」

「心証だけで、そこまで断定してもいいのかな」

「勝又も同じようなことを言ってたが、山岸は裕子に誑《たぶら》かされて、偽の鑑定書を書いたんだよ。もちろん、相応の金を貰ってたが、山岸は疚《やま》しいことはしてないの一点張りだったが、女社長の共犯者だな。本家の大久保ちゃんに任意で山岸に同行を求めてもらうか」

「能塚さん、それは得策じゃないと思います」

「どうして？　厳しく取り調べれば、山岸はインチキな鑑定書を認《したた》めたことを吐くだろう。それだけではなく、名画の贋作のことで強請《ゆす》ってた牧を裕子が殺し屋《プロ》に始末させたと吐くかもしれないぞ」

「お言葉を返すようですが、そう考えるのは楽観的でしょ？」

「そうかね」

「山岸は若造じゃないんです。厳しく追及されても、保身本能は棄《す》てないと思いますよ。自分の不正はもちろん、裕子の罪も明かさないでしょう」

「そうかな」

「山岸が鎌をかけられて動揺してるんなら、裕子に連絡をすると思います。二人のどちらかが尻尾を見せるかもしれません。物証を押さえずに勇み足を踏むのは、室長、避けましょうよ」

「わかった。しばらく勝又と山岸に張りついて、反応を見ることにしよう。そっちに特に動きはないんだな？」

　能塚が訊いた。尾津は経過を語り、携帯電話を折り畳んだ。

　それから間もなく、白いポルシェが『蒼風堂』の前に停まった。裕子が車を降り、自分のギャラリーに入っていった。

　尾津は、聞き込みに回りはじめた白戸を電話で呼び寄せた。白戸は十分そこそこで、張り込み場所に戻ってきた。

　肩で息をしている。駆け足で戻ってきたのだろう。尾津は、運転席に乗り込んだ白戸に能塚から聞いた話を教えた。

「山岸が狼狽したのは、図星だったからなんだろうな。だけど、室長の勘はよく外れるからね。それだけで、山岸がインチキな鑑定書を発行したとは極《き》めつけられない」

「そうだな。ところで、聞き込みの成果は？」

「ゼロだった。老舗画廊の経営者たちは新興のギャラリーをライバル視してなかったし、まったく関心がないみたいだったね」

「そうなんだろうな」

「能塚さんがストレートに山岸を揺さぶったんなら、裕子は何かリアクションを起こすんじゃない？」

白戸が言った。尾津は黙ってうなずき、裕子の画廊に目を注《そそ》いだ。

女社長が『蒼風堂』から出てきたのは、夕闇が濃くなったころだった。すでに街灯が瞬《またた》き、店舗はネオンやイルミネーションで彩《いろど》られていた。

裕子は手提《さ》げ袋を助手席に投げ入れてから、ポルシェの運転席に乗り込んだ。エンジンが唸りはじめる。

白戸がスカイラインをゆっくりとバックさせ、車体半分を脇道に入れた。車首の方向を変え終えたとき、白いドイツ車が横を走り抜けていった。

白戸が少し間《ま》を取ってから、スカイラインを走らせはじめた。ポルシェは晴海通りに出ると、日比谷方面に向かった。日比谷から竹橋《たけばし》を抜け、白山《はくさん》通りをたどっていく。

「行き先に見当はつく？」

白戸がハンドルを操りながら、問いかけてきた。

「見当はつかないが、どこかに贋作専用のアトリエがあるのかもしれないぞ。そこに売れない洋画家が住み込んで、名画の贋作に励んでるんじゃないのかな」

「考えられるね、それ。女社長は陣中見舞いを兼ねて、絵筆の進み具合を見に行ってるのかな」

「あるいは、仕上がった贋作画を保管してる場所に向かってるのかもしれないぞ」

尾津は口を結んだ。白戸がポルシェを用心深く追尾する。

やがて、白いドイツ車は文京区千石《せんごく》一丁目の裏通りに入った。両側には、民家、低層マンション、雑居ビルなどが並んでいる。

ポルシェは、古びた民家の前に停まった。平屋で、さほど大きくない。小さな内庭があった。敷地は五十坪前後だろう。

裕子が手提げ袋を持って車から降り、低い門扉を押し開けた。インターフォンは鳴らさなかった。知人宅なのだろう。

「おれは勝手に民家の敷地に入る。見張《シキテン》りを頼むぞ」

尾津はスカイラインを暗がりに停めさせた。

白戸がライトを消し、エンジンも切った。尾津は先に車を降りて、裕子が消えた民家に近づいた。表札に目をやる。鶴見《つるみ》という姓だけ掲《かか》げてあった。

白戸が運転席から出て、左右を見回した。すぐにＯＫサインを出す。尾津はそっと門の扉を押し開け、内庭に忍び込んだ。

家屋に沿って進み、上着のアウトポケットから超小型盗聴器を取り出す。イヤホンと高性能マイクが受信器に接続されている。

尾津はイヤホンを耳に嵌《は》めてから、円盤に似た形の超小型マイクを外壁に密着させた。かすかに男女の話し声が聴こえる。横に移動すると、音声はクリアになった。

——鶴見先生の画才はユトリロ以上です。画壇にデビューされたころ、先生は〝日本のユトリロ〟という言われ方をされましたよね？

——安田社長、先生はやめてくれないか。わたしは売れない洋画家で、女房にも逃げられた男なんだ。親が遺《のこ》してくれた実家がなかったら、塒《ねぐら》にも困っただろう。去年の年収は百十万円だった。どうして喰ってきたのか、自分でも不思議なんだ。

——先生、まず生活を安定させましょう。経済的な余裕ができれば、じっくりと大作にも挑《いど》めます。

——そうなんだが、名画の摸写はやりたくないね。貧乏暮らしをしてるが、ぼくはプロの絵描きだからね。美大生のアルバイトじゃないんだから、ユトリロの摸写でなんか稼ぎたくないよ。

——先日は画料のことまで言えませんでしたが、一号十万円の画料を差し上げます。

——安田社長、気は確かなの⁉　ユトリロの摸写の画料が一号十万円だって？　からかわないでほしいな。

——鶴見保《たもつ》先生のユトリロの摸写画は真作以上に素晴らしいですよ。価値があります。摸写画のコレクターなら、一号三十万円でも喜んで購入するでしょう。

——まさか⁉

——いいえ、もっと高く売れると思います。先生にはユトリロの初期の『モンマニーの屋根』と『アベス街』を描いていただきたいんです。画料は前払いでもかまいません。現金を用意してきました。

——摸写の才があると持ち上げられても、正直なところ、少しも嬉しくないな。ぼくには職業画家だという自負があるんだ。喰うや喰わずの暮らしをしてるが、美大生や日曜画家じゃない。摸写でなんか生計を立てたら、それこそ敗北だよ。悪いが、帰ってくれないか。

——わたし、体を張ることも厭《いと》いません。

——急に立ち上がって、何をする気なんだね。あっ、服なんか脱がないでくれ。妻に逃げられてから、十年以上も女性の柔肌に触れてないんだ。性欲に克《か》てなくなるじゃないか。本当に脱がないでくれないか。

——パンティーは先生が剝《は》ぎ取ってください。

音声が熄《や》んだ。女社長が売れない画家に覆《おお》い被さる気配が伝わってきた。

鶴見が抗《あらが》う様子も耳に届いた。すかさず裕子が唇を重ねたようだ。唇を貪《むさぼ》り合う音が生々しく響いてくる。

鶴見が切なげな声を零《こぼ》しはじめた。どうやら女画商はディープキスをしながら、鶴見の股間をまさぐっているようだ。

それから数十秒後、売れない画家が獣のように唸って裕子の体を下に敷いたらしい。裕子がなまめかしく呻いた。鶴見は、三十女の甘い罠《わな》にまんまと嵌まってしまったのだろう。

尾津は壁面から高性能マイクを離し、イヤホンを外した。

4

鶴見宅を抜け出る。

なぜだか白戸の姿が見当たらない。尾津は闇を透《す》かし見た。

すると、白戸は裕子の車の後ろに屈《かが》み込んでいた。尾津は足早にポルシェに近づいた。気配を察した白戸が立ち上がる。

「おまえ、何をしてたんだ？」

尾津は小声で訊《たず》ねた。

「車体《シャーシ》の下にGPS装置を装着してたんだ。こうしておけば、女社長に尾行を撒《ま》かれる心配はなくなるからさ」

「気が利くな」

「たまには、尾津さんに指示される前に動かないとね」

「いい心掛けじゃないか」

「裕子と鶴見の関係はわかったんでしょ？」

白戸が問いかけてきた。

「路上で立ち話はまずい。車の中に入ろう」

「そうしたほうがよさそうだな」

二人は肩を並べて歩き、ほどなくスカイラインに乗り込んだ。ドアを閉めるなり、白戸が報告した。

「鶴見って人物に犯歴があるかどうか、A号照会したんだ。鶴見保は九年四カ月前に傷害容疑で上野署に検挙《アゲ》られ、書類送検されてた。女房に三行半《みくだりはん》を突きつけられて、その当時は酒浸りだったみたいだね。喰えない画家の鶴見はかみさんを段ボール工場で働かせて、ヒモ同然だったらしいんだ。居酒屋で隣で飲んでた男に絡んだ揚句、大腰《おおごし》で投げ飛ばしたんだよ」

「荒れた日々を過ごしてたんだろうな」

「かみさんに逃げられたんで、自棄《やけ》になってたんでしょう。で、裕子と鶴見はどういう関係だったの？」

「女社長は、鶴見のユトリロの摸写画を描いてくれと依頼に訪れたんだよ」

尾津はそう前置きして、盗み聴きした会話をつぶさに語った。

「摸写の天才と呼ばれた鶴見が描いた油絵を真作と偽って売る気なんだな」

「そうなんだろう。一号十万円の画料を出すと裕子は言ってたんだ。一号というのは、葉書一枚分の大きさだよな。六号の絵なら、画料は六十万円になる」

「十号のキャンバスなら、百万か。摸写画にそんな高い画料を払う人間なんているはずない。尾津さんが言った通りに間違いないよ」

「鶴見は自分は職業画家だから、摸写画なんか描きたくないと言ってたんだが、色仕掛けで迫《せま》られて……」

「熟れた三十女がいきなりパンティー一枚になって抱きついてきたら、ずっとナニしてなかった五十男はそそられちゃうよね？　で、いま二人はファックに励んでるわけか」

「そうだろう。売れない画家はまんまとハニートラップに引っかかったわけだから、贋作ビジネスの手伝いをする羽目になると思うよ」

「そうとは限らないんじゃない？　鶴見は若い男じゃないんだ。ユトリロの名画の摸写をして、破格の画料を貰えるとは思わないでしょ？」

「そうだろうな。名画の贋作をやらされると直感して、断るかもしれないか」

「行為が終わったら、鶴見はきっぱりと断るんじゃない？　結果的には、やり得ってことになるんじゃないかな」

「裕子は、そんなに甘くないんじゃないのか。性行為の途中で隠し持ってたＩＣレコーダーの録音スイッチを入れ、犯された真似をしそうだな。さもなければ、スマホのカメラで鶴見がオーラル・セックスをしてるとこを盗み撮りして……」

「名画の贋作を強要するとも考えられるね。うん、そのぐらいはやりそうだな」

「裕子はなんらかの方法で、摸写画の天才と呼ばれた男を仲間に引きずり込むと思うよ。ユトリロの油彩画をそっくり摸写できる鶴見は、もともと手先が器用なんだろう。その気になれば、印象主義のルノワール、モネ、セザンヌ、マネ、ドガ、ロートレックの名画の摸写もできるにちがいない」

「尾津さん、美術に精通してるんだ。驚いたよ」

「二十代のころ、ちょっと女流画家とつき合ったことがあるんだ。その彼女を口説くとき、俄勉強《にわかべんきょう》したんだよ」

「なあんだ、そういうことか」

「印象主義の著名画家の作品だけではなく、パリ派のシャガールやモディリアーニの贋作もやれるだろう。キュビスムのピカソやブラックあたりは難しそうだがな」

「絵画のお勉強は、それぐらいにしてよ。おれ、芸術方面にはとんと不案内だからさ」

「レクチュアしたつもりはないんだが……」

「そのうち裕子が外に出てくるだろうけどさ、尾行は中断して鶴見保から情報を得ようよ。ポルシェには、GPS装置を取り付けたんだからさ」

白戸が言った。尾津は、その提案を受け入れた。

裕子が鶴見宅から出てきたのは、小一時間《こ》後だった。表情は明るい。鶴見を抱き込むことに成功したようだ。

手にはバッグしか持っていない。札束を収めてあったと思われる手提《さ》げ袋は鶴見に渡したのだろう。

女社長が自分の車の運転席に入った。じきに白いポルシェは走りだした。

「行こう」

尾津は白戸に声をかけ、先に助手席から出た。白戸が急いでスカイラインを離れる。二人は勝手に鶴見宅の低い門扉を押し開け、玄関先まで進んだ。

「こんばんは。警察の者です」

白戸がドアをノックして、低い声で告げた。ややあって、髪を長く伸ばした五十絡みの男が応対に現われた。気難しそうだった。

「警視庁捜査一課の者ですが、画家の鶴見保さんですよね？」

尾津は警察手帳を呈示し、苗字だけを告げた。白戸は会釈しただけだった。

「鶴見です。十年近く前に上野の居酒屋で他の客と喧嘩をして警察に世話になったことがありますが、それ以来、別に悪いことはしてませんよ」

「そうでしょうね。少し前まで『蒼風堂』の女社長がお宅にいましたでしょ？　白いポルシェで一時間あまり前に来訪したはずです」

「な、なんで、知ってるんです⁉」

鶴見が目を丸くした。

「安田裕子を内偵中なんですよ。どうして彼女がマークされているか、察しがつきますよね？」

「いや、わからないな」

「正直に答えてくれませんか。安田裕子は、あなたにユトリロの初期作品の摸写を描いてほしいと依頼に来たんでしょ？　一号十万円の画料を出すと言われたんではありませんか？」

「えっ⁉」

「だいぶ驚かれたようですね。わたしたちは、隣家の一室からお宅を監視してたんですよ」

尾津は、もっともらしく言った。

「『蒼風堂』の社長はどんな悪事を働いてたんです？」

「推測できないとは考えにくいな。安田裕子はユトリロの油彩画の摸写をすれば、あなたに一号十万円の画料を払うとはっきりと言ってた。こちらは、暗視スコープでカーテンの隙間から室内の様子をうかがってたんですよ」

「なんですって⁉」

鶴見が絶句し、目を泳がせた。

「あなたと女社長の話し声は耳に届きませんでしたが、こちらは読唇術を心得てるんですよ。二人の唇の動きで、遣《や》り取《と》りがわかったわけです」

「なんてことなんだ」

「あなたは自分はプロの画家だから、名画の摸写なんかしたくないと言い張ってた。すると、安田裕子はパンティー一枚になって、鶴見さんに抱きついた。女社長はあなたを押し倒し、自分からキスをした。唇を合わせながら、彼女はあなたの下半身を刺激しましたよね？」

「まいったな。そこまで見られてたのか」

「あなたは欲情を催し、裕子を組み敷いてパンティーをせっかちに脱がせた。違ってるとこがありますか？」

「もう言い訳できないな。わたしは女社長に誘われたんで、据え膳を喰ってしまった。でもね、ユトリロの作品の摸写はできないとはっきり断りましたよ。破格の画料は魅力的でしたけどね。プロの画家にとっては、屈辱的な内職でしょ？　それに……」

「それに、摸写画は名画の贋作として売られるかもしれないと思ったんじゃないのかな？」

白戸が尾津よりも先に口を開いた。

「それは……」

「もう観念しなさいよ。おれは以前、暴力団係だったんだよね。やくざどもを毎日、相手にしてたんで、自然と気性が荒くなった。ばっくれてるヤー公を何人もぶちのめしたっけな」

「手荒なことはしないでくれないか」

「ずいぶん気弱なことをおっしゃる。おたくは十年近く前に、居酒屋で気に入らない奴をぶん投げて蹴りも入れた」

「かなり酔ってたんでね。当時、妻に逃げられたばかりだったんで、むしゃくしゃしてたんだよ」

「そうだったとしても、喧嘩は嫌いじゃなさそうだね。なんなら、おれと殴り合ってみる？」

「あんたみたいな大男とやり合ったら、わたしは死んじまうよ」

「そうかもしれないな。鶴見さん、おれを怒らせると、損だよ。頭に血が上ると、見境がなくなるんだ」

「落ち着いてくれないか。あんたが推測した通りだよ。贋作の片棒を担《かつ》がされちゃたまらないんで、摸写の仕事は断ったんだ。そしたらね、社長の顔つきが急に険《けわ》しくなったんだよ」

「それだけじゃなかったんでしょ？」

尾津は白戸を目顔で制し、鶴見に言った。

「そうなんですよ。安田社長はバッグの中からスマートフォンを取り出して、こっそり動画撮影した映像を再生させたんだ。それには、彼女の性器を舐《な》めまくってるわたしの姿が鮮明に映ってました。女社長の腹から下は映ってたけど、むろん顔はレンズに入ってなかった」

「どんなふうに脅迫されたんです？」

「映像を素人投稿サイトに流されたくなかったら、ユトリロ、キスリング、スーティン、藤田嗣治といったエコール・ド・パリの主な画家の作品の贋作をやれと凄まれたんだ」

「それで、あなたはどうされたんです？」

「みっともないことになるのは厭だったんで、仕方なくオーケーしたんだよ。そしたら、安田社長はたちまち機嫌を直して、帯封の掛かった札束を三つ手提げ袋から取り出して、画料の一部を前渡ししておくと……」

「あなたは、その三百万円を受け取ったんですね？」

「隠し撮りされた動画で弱みを押さえられてしまったし、札束を目にしたら、もうどうにでもなれという気持ちになっちゃったんですよ」

「名画の贋作は、ここでやってくれと言われたのかな？」

「いや、近々、長野県の原村《はらむら》にある秘密アトリエに住み込んで摸写、いや、贋作に励んでもらいたいという話だった。そこは廃業したペンションらしいんだが、あまり収入のない洋画家五人が名画の贋作画を描いてるそうなんですよ」

「その五人は、いずれも男なんですね？」

「そう。五、六十代で、与えられた個室のアトリエで名画の画材布、使用された絵筆、顔料に関するデータを頭に入れてから、デッサンに取りかかってるということだった。通いの初老の女性が贋作家の食事を用意し、洗濯もしてくれてるらしいんですよ。外出は一切禁じられてるみたいだが、酒や煙草は定期的に安田社長が差し入れてるらしい。雑誌なんかもね。それから、週に一度、ベッドパートナーを提供してやってるとも言ってましたよ」

「仕上がった名画の贋作は、その秘密アトリエに保管されてるんだろうか」

「そのあたりのことは、安田社長、何も教えてくれなかったな。贋作画の販売方法についても喋ってくれませんでしたよ」

「そうですか。贋作は、偽の鑑定書付きで売られてるはずです。安田裕子は元公立美術館長の山岸岳と親密な関係だということがわかってるんですよ」

「そうですか。その名には聞き覚えがあるが、一面識もないんですよ」

「その山岸がインチキな鑑定書を認《したた》めてる疑いがあるんだが、女社長はそういうことは何も教えてくれなかったんですか？」

「ええ。元ペンションに泊まり込んで名画の贋作に精を出してくれれば、年に四、五千万は稼げるはずだと言ってました」

「秘密アトリエに住み込んでる五人の名前は明かしてくれたのかな？」

「それも教えてくれませんでしたね。わたしは逮捕されちゃうんだろうか」

鶴見が不安顔になった。

「まだ著名画家の作品の贋作に手を染めてないわけだから、法には触れてません」

「あっ、そうか！　そうですよね。わたし、昔、検挙されてるんで、何か悪いことをしたら、もう実刑は免れないでしょう。五十過ぎて服役なんかしたくありません。明日、『蒼風堂』に出向いて、三百万円を安田社長に必ず返しますよ。ですんで、わたしを連行しないでください」

「さっき言ったように、あなたはまだ被疑者じゃない。任意同行は求めません」

「よかった！」

「渡された三百万は返したほうがいいが、すぐに安田裕子に会うのはやめてください。あなたが受け取った金を返しに行ったら、女社長は自分に捜査の手が伸びてくると察して逃亡を図るでしょう」

「そうでしょうね」

「三百万円を返すのは、彼女が捕まってからでもいいでしょう。そうしてください。安田裕子が取り調べの際《さい》、あなたに名画の贋作を頼んだことを自供しなかったら、三百万は貰ったままでもいいんじゃないかな」

「刑事さん、それはまずいでしょ？」

「三百万あれば、画業に打ち込めるんじゃないかな」

「そうですが……」

「いただいちゃいなさいよ。どうせ女社長は、あなたのことは警察関係者には喋らないでしょう。何もかも自供したら、それだけ罪が重くなりますからね」

「なるほど、そうだな」

「女社長が持ってきたのは汚れた金なんでしょうが、いいことに遣《つか》ってやればいいんじゃないでしょうか。あなたは職業画家なんですから、納得のいく作品を描いてくださいよ」

「あなたは人情刑事なんだろうな」

「そんなんじゃありませんよ。それよりも秘密アトリエは、原村のどのへんにあると言ってました？」

「ペンションが多く建ってるエリアの最も奥にある白い外壁の建物だとか言ってました。窓枠はペパーミントグリーンだそうですよ」

「そうですか。どうもお邪魔しました」

尾津は礼を述べ、白戸と鶴見宅を辞した。

スカイラインに乗り込むと、白戸は真っ先にＧＰＳの小型レーダーを覗き込んだ。

「裕子のポルシェは、中央自動車道の下《くだ》り線を走行中だな。広尾の自宅マンションに戻らないってことは、信州の原村に向かってるのかもしれないね」

「そうにちがいない。室長は山岸に大胆な鎌をかけた。そのことを山岸から聞いた安田裕子は秘密アトリエにいる五人の売れない絵描きを別の場所に移動させる気になったんだろう。描きかけのキャンバス、画架《イーゼル》、絵筆、パレット、絵の具なんかも持ち出させるつもりなんだと思うよ」

「贋作をしてたという痕跡を一切《いっさい》消す気になっても不思議じゃないな」

「原村に行こう」

尾津は赤い回転灯を屋根《ルーフ》に載せ、サイレンを響かせはじめた。白戸が車を走らせ、最短コースで新宿に向かった。

中央自動車道に入ったのは、およそ二十分後だった。

下り車線を高速で走行し、諏訪南ＩＣ《すわみなみインター・チェンジ》で一般道に下りる。道なりに進むと、やがて原村に達した。

影絵のように見える森の向こうに、ペンションが点在する地域があった。いわゆるペンション村の奥に行くと、夜空を赤い炎が焦がしていた。

尾津は悪い予感を覚えた。先に秘密アトリエに到着した裕子が五人の画家に不都合な物品を急いで車に積み込ませ、誰かに元ペンションに火を放たせたのではないか。

「尾津さん、女社長の贋作をやってる五人のうちの誰かに秘密アトリエを跡形なく燃やし尽くせと命じたんじゃない？」

白戸が言って、車の速度を落とした。前方から火の粉が飛んできたからだ。

「おれも同じことを考えてたんだ」

「多分、そうだろうね」

「このあたりで、車を停めてくれ」

尾津は指示した。白戸がスカイラインを道端に寄せる。

ペンションの経営者と思われる男女が何か言い交わし、炎にくるまれた二階建ての家屋を指さしていた。燃えている建物は白で、窓枠と桟《さん》はペパーミントグリーンだ。

尾津たち二人は、ほとんど同時にスカイラインから飛び出した。

火の粉を振り払いながら、火元の近くまで走った。熱風が全身を包む。火の爆《は》ぜる音が不気味だ。

遠くからサイレンの音が流れてきた。

だが、もはや手の施《ほどこ》しようがない。家屋はすっぽりと炎に覆われている。建物の中には誰もいないようだ。車も目に留《と》まらない。

「一足遅かったたな」

白戸が呟いた。

尾津は歯噛みして、巨大な火柱を仰《あお》いだ。

第四章　犯人隠しの気配

1

まだ焦《こ》げ臭い。

尾津たちコンビは焼け跡に近づいた。

午前五時過ぎだ。夜は明け切っていない。

前夜、尾津たちは近くのペンションに泊まった。火災現場に名画の贋作を裏付ける物品と販売ルートの証拠があるかもしれないと考えたのだ。

GPS装置はポルシェから取り外され、追跡はできなくなった。ペンション村は静まり返っている。人影は見当たらない。

尾津たちは立入禁止の規制テープを跨《また》いで、焼け跡に足を踏み入れた。

元ペンションは跡形もなく焼け落ちている。コンクリート土台の上に、黒焦げの梁《はり》や柱が数本折り重なっているだけだ。

尾津は、足許《あしもと》に落ちている細長い金属棒を拾い上げた。白戸は、生焼けの棒切れを掴み上げた。

「灰を搔《か》き起こしてみよう」

尾津は前に進んだ。燃え滓《かす》や灰は湿っていた。歩くたびに、靴が沈む。

二人は黙々と灰を掘り起こした。目を皿のようにして探し回る。

「あっ、ひしゃげたペインティング・ナイフを見つけたよ」

白戸が声をあげた。

尾津も絵筆の金属部分と画架《イーゼル》の留具を見つけた。しかし、名画の分析に必要な機器の残骸はどこにも落ちていなかった。贋作画の流通ルートに関する物品も灰の下に隠れていなかった。

「分析機器は別の場所にあるのかもしれないな」

尾津は言った。

「そうだね。販売ルートに関する物や贋作画は、そこに保管されてるんじゃない？」

「ここは、単に秘密アトリエだったのかもしれないな。しかし、描きかけの名画の贋作を警察に知られると、闇ビジネスのことが発覚してしまう。だから、女社長は五人の売れない画家に見られては不都合な物を別の所に移させたにちがいない」

「その隠《かく》れ家《が》がわかるといいんだけどね」

白戸が腰を撫《な》でさすった。身を屈《かが》めつづけているせいか、尾津も背中と腰の筋肉が強張《こわば》りはじめていた。

ペンションにチェックインする前に、能塚室長には経過を報告してあった。本家の大久保係長が長野県警から情報を提供してくれる手筈になっていた。能塚・勝又班は今朝から山岸岳に張りつく予定になっている。

尾津たちは、ひたすら火事場の灰を掘り起こしつづけた。だが、肝心な物は見つからなかった。

「尾津さん、期待してた物は出てこないんじゃない？」

「そうみたいだな。ペンションに戻って、経営者夫婦に身分を明かし、情報を集めるか。五人の贋作家たちは秘密アトリエの外には出なかったようだが、裕子が定期的に差し入れをしてたそうじゃないか」

「それから、秘密アトリエには五人のセックスパートナーたちも出入りしてるって話だったね。ペンション経営者は、五人の世話をしてた通いのお手伝いさんのことは知ってそうだな」

「そのお手伝いさんから、何か手がかりを得られるかもしれない。白戸、ペンションに戻ろう」

尾津は言って、手にしていた金属棒を遠くに投げた。白戸も棒切れを足許に落とす。

二人は焼け跡を離れ、泊まったペンションに引き返した。

食堂を覗くと、経営者の遠山芳夫《とおやまよしお》が宿泊客の朝食を準備中だった。六十四、五歳だ。停年退職するまで、都内の印刷会社に勤めていたらしい。子育ては終わっているとかで、都内の自宅を売却して夫婦でペンション経営に乗り出したという話だ。

「おはようございます。朝の散歩はいかがでした？　昨夜《ゆうべ》の火事がなければ、長閑《のどか》な風景だけをご覧いただけたんですがね」

遠山が大きなダイニングテーブルに箸《はし》を並べながら、尾津に顔を向けてきた。食堂には、まだ泊まり客はいなかった。

「ご主人、実はわたしたちは警察の者なんですよ。宿泊名簿には二人とも会社員と記《しる》しましたが……」

「そうだったんですか。こちらには捜査でいらっしゃったんですね？」

「ええ、そうなんです。焼け落ちた元ペンションで名画の贋作が行なわれてる疑いがあったものですから、内偵でこの地を訪れたわけですよ」

「失火ではなく、放火らしいという噂がペンションのオーナーたちの間で囁かれてたんですよ。いまの話をうかがって、合点がいきました。火事になった元ペンションは、贋作のアトリエになってたんですね？」

「その疑いが濃いんですよ。贋作画を描いてた連中は警察が踏み込む前に逃げたんでしょう。しかし、時間がなくて画材や絵の具のすべては運び出せなかったと思われます。灰の中からペインティング・ナイフや画架《イーゼル》の留具などが見つかりましたんでね」

「そうですか」

「元ペンションから、見かけない男たちが出てくるのを目撃したことはありませんか？」

「一度だけ五十年配の男が庭で夜間にラジオ体操してるのを見かけました。長髪で、芸術家っぽい感じでしたね。週に一度、けばけばしい女たちがタクシーで乗りつけてたんで、カルト教団の支部かもしれないと家内は怪しんでたんですよ。絵画の贋作専用のアトリエだったのか」

「ええ」

「そういえば、廃業したペンションを買い取ったのは銀座で何とかという画廊を経営してる女性だという話を同業者から聞いた記憶がありますね」

「その画廊の名は、『蒼風堂』ではなかったですか？」

「そうです、そうです！　ええ、『蒼風堂』でしたよ。その女性画商が名画の贋作を泊まり込んでる男たちに描かせて、真作だと偽り……」

「闇販売してるようなんです」

尾津は言った。語尾に白戸の声が被さる。

「遠山さん、元ペンションで名画の贋作に精を出してた五人の絵描きの世話をしてた通いのお手伝いさんのことはご存じじゃないですか？」

「その方なら、知ってます。われわれ夫婦とは特につき合いはないんですが、ここから十分ほど歩いた所に住んでる倉橋敏子《くらはしとしこ》さんですよ。ご主人が病弱で専業農家は無理になったんで、奥さんが家事代行の仕事をするようになったようです」

「そうなんですか」

「ペンション村の入口に割に広い市道がありましたでしょ？　そこを右に曲がって八百メートルほど先にお地蔵さんがありますから、その脇道を入って七、八軒目が倉橋さんのお宅だったと思います。犬を散歩させるとき、あのあたりはよく通るんです。ええ、間違いありません」

「わかりました」

「倉橋さんの奥さんなら、いろいろ知ってるはずですよ。朝食は七時からお摂りになることができますが、どうされます？」

「尾津さん、どうする？」

「あんまり早い時刻に倉橋さん宅を訪ねるのも気が引けるんで、八時ごろに部屋から出てきますよ」

尾津は遠山に言って、食堂を出た。コンビは奥にあるシングルルームにそれぞれ引き揚げた。

「八時に食堂に行こう」

尾津は白戸に言って、ベッドに身を横たえた。天井を仰ぎながら、頭の中で経過をなぞってみる。

安田裕子は親密な関係にある山岸岳から警察が自分らのことを怪しんでいると教えられ、秘密アトリエを焼き払う気になったのだろう。そして、千石から原村に急行したと思われる。元ペンションに着いたとき、女社長はポルシェの車体の下にGPS装置が装着されていることに気づいて取り外したにちがいない。

裕子は五人の贋作家と一緒にどこに消えたのか。長野県内の貸別荘に潜伏しているのだろうか。それとも、どこかに贋作の保管場所があるのか。

あれこれ推測しているうちに、午前八時になった。尾津は部屋を出て、食堂に移った。客の老夫婦が並んで朝食を摂っていた。

尾津は老夫婦に朝の挨拶をして、ダイニングテーブルの端についた。

そのとき、白戸が食堂に入ってきた。彼は老夫婦に笑顔を向け、尾津の正面に坐った。

遠山がコーヒー、トースト、ベーコンエッグ、野菜サラダを手際よく運んでくる。ブルーベリーのジャムは自家製だという。

尾津たちは朝食を食べ終えると、すぐにチェックアウトした。二食付きで、ひとり八千円だった。前夜の夕食は割に豪華だった。儲けは、ほとんどないのではないか。

コンビはスカイラインに乗り込んだ。

白戸が車を発進させる。ペンション村の入口の市道に入ったとき、尾津の懐で捜査用携帯電話が着信音を発した。携帯電話を摑み出す。発信者は能塚室長だった。

「山岸がマイカーの灰色のレクサスで自宅を出て、少し前に中央高速道の下り線に入った。おれたちは追尾中だ」

「そうですか」

「大久保ちゃんが調べてくれたんだが、山岸の別荘が美《うつくし》ヶ原《はら》高原にあるらしい。松本ICから国道六十七号線を抜け、霧《きり》ヶ峰《みね》ビーナスラインを直進して美ヶ原高原美術館の少し先の林道を左に折れた所にあるそうだ」

「安田裕子は五人の贋作家を連れて、ひとまず山岸の別荘に身を隠すことにしたのかもしれないな」

「そう読んでもいいだろう。尾津、焼け跡をチェックしてみたか？」

「ええ、もちろん。ペインティング・ナイフや画架《イーゼル》の留具なんかは見つかりましたが、贋作を裏付ける分析機器は残念ながら……」

尾津は詳しいことを伝え、これから倉橋敏子の自宅を訪ねる予定だと告げた。

「通いのお手伝いさんはアトリエに入ることは厳しく禁じられたんだろうが、五人の絵描きの行動が怪しいと感じてたにちがいないよ。多分、有力な手がかりを得られるだろう」

「それを期待してるんですよ」

「尾津・白戸班とは山岸のセカンドハウスで鉢合わせするかもしれないが、先に到着しても別荘に踏み込むなよ。おまえら二人は手錠を携行してるだけで、特殊警棒と拳銃は帯びてないはずだ」

「ええ」

「二人の特殊警棒とシグ・ザウエルP230は、おれが持ってく。おれと勝又が現着《げんちゃく》するまで待機してろ。山岸はな、猟銃の所持許可証を取得してる。女社長たちを逃がそうと発砲してくるとも予想できるんでな」

「わかりました」

「何かあったら、連絡し合おう」

能塚が通話を切り上げた。尾津は、室長から聞いたことを白戸に話した。

「山岸の別荘が美ヶ原高原にあるんなら、安田裕子と五人の売れない画家はそこに潜伏してそうだな」

白戸がそう言い、ペンションの主《あるじ》に教えられた通りに覆面パトカーを走らせた。

じきに、倉橋宅に着いた。敷地は広かった。優に千坪はありそうだ。庭の一部は菜園になっている。

白戸が倉橋宅の横にスカイラインを停めた。

尾津たちは車を降り、倉橋宅の門を抜けた。と、菜園に七十歳近い女性がいた。プラスチックの笊《ざる》の中には、カボチャや蕪《かぶ》が入っている。

「警視庁の者ですが、倉橋敏子さんですね？」

尾津は警察手帳を呈示し、菜園にいる女性に声をかけた。

「ええ、そうです」

「きのうの晩、あなたが通いで家事を引き受けてる元ペンションが火事で全焼したことはご存じでしょ？」

「はい。わたし、たまげました。五人の絵描きさんが名画の摸写をやられてると雇い主さんから聞いてたんで、火の不始末のことは心配してたの。絵の具を引き伸ばすオイルなんかがアトリエの各室にたくさんあるようなんでね」

「雇い主は、銀座で『蒼風堂』というギャラリーを経営してる安田裕子なんでしょ？」

「ええ。まだ若いのに、とっても気配りの利く方でね。わたしに月に二十五万円の給料を払ってくれて、アトリエに見えるたびに必ず手土産《てみやげ》をくださるのよ」

「五人の画家のアトリエに入ることは固く禁じられてたんではありませんか？」

「そうなの。気が散るから、どのアトリエにも入るなと安田さんや画家の方たちに言われてたんですよ。だから、アトリエには一歩も入ってません。二階の五人の寝室の掃除は一日置きにやってましたけどね」

「描き上げられた油彩画は、絵描きたちがそれぞれアトリエに置いてたんでしょうか？」

「そうだと思うわね。もしかしたら、定期的に持ち出されてたのかもしれません。はっきりしたことはわからないわ。わたしの勤務時間は午前七時から午後四時までだったんですよ。五人の絵描きさんは外出を禁じられてたみたいで、わたしがいる間は誰も庭にも出ませんでした」

「そうですか」

「放火だったという噂が流れてるけど、どうなんです？」

倉橋敏子が言いながら、菜園から出てきた。尾津は曖昧《あいまい》な答え方をした。捜査に関することを部外者に話すことは許されていない。

「五人の絵描きの名前を教えてください」

白戸が上着の内ポケットから手帳を摑み出し、敏子に顔を向けた。

「苗字だけしか知らないのよ。えーと、新井《あらい》、藤宮《ふじみや》、須賀《すが》、堺《さかい》、皆木《みなき》だったわね。五人とも自分の絵がほとんど売れないんで、生活のために名画の摸写をやるようになったみたいですよ。驚くほどの画料を貰えるんで、五人とも仕事はつづけたいと言ってたわね」

「名画の摸写でたくさん稼げっこないでしょ？」

「えっ、違うんですか。まさか名画の贋作を真作だと偽って売ってたんじゃないわよね？」

「その疑いがあるんですよ」

「そうなの？」

敏子が尾津の顔を見た。尾津は空咳《からぜき》をした。

白戸が悔やむ顔つきになった。うっかり余計なことを喋ってしまって、ばつ悪げだった。

「そういうことはないと思いますよ。著名な画家の作品の摸写をしてたんでしょう」

「そうなのかな。でも、五人のうちの誰かがわざと建物に火をつけたんだとしたら、何か後ろ暗いことをしてたんじゃない？　新井さんたち五人は逃げ出したとも考えられるわね。あの方たちが名画の贋作をやってたんだとしたら、わたしも警察の取り調べを受けることになるんじゃないの？　いやだわ」

「事情を聴取されるでしょうが、地元署に連行されて取り調べを受けることはありませんよ。あなたは別に悪いことをしてたわけではないんですから」

「ええ、そうよね」

「倉橋さん、画廊の女社長は長野か山梨に別荘があると言ってませんでした？」

「自分のではないけど、美ヶ原高原に親しい方の別荘があると言ってましたね。そちらにもよく行ってるような口ぶりだったわ」

「そうですか」

「故意に元ペンションを全焼させたんなら、安田社長は五人の絵描きさんに贋作をやらせてたと疑えるわね」

敏子が呟いて、考える表情になった。

尾津は早口で謝意を表し、白戸に目配せした。二人は倉橋宅を辞して、そそくさとスカイラインに乗り込んだ。

「おそらく安田裕子は、五人の画家と一緒に山岸の別荘に潜伏してるんだろう。白戸、美ヶ原高原に向かってくれ」

尾津は指示を与えた。白戸が車を走らせはじめた。諏訪南ＩＣに向かう。

中央自動車道の下り線を走り、松本ＩＣから国道六十七号線に入った。それから間もなく、能塚から尾津に電話がかかってきた。山岸のレクサスは相模湖《さがみこ》ＩＣを通過したという。

「目的地は、美ヶ原高原にある自分の別荘だろう。尾津、合流してから作戦を練ろうじゃないか」

「わかりました」

尾津は白戸に室長の連絡事項を教え、モバイルフォンを上着の内ポケットに収めた。

やがて、白戸は美ヶ原高原美術館の先で車を林道に乗り入れた。紅葉が美しい。絵葉書を眺めているような景色がつづく。

別荘が点在しているが、人のいる気配はうかがえない。十月だが、高原の空気はひんやりと冷たかった。避暑の季節ではない。

山岸のセカンドハウスは造作なく見つかった。アルペンロッジ風の造りで、割に大きい。

その別荘の五、六十メートル手前で、白戸がスカイラインを側道に隠した。二人は静かに車を降り、山岸の別荘に近づいた。

自然林の中に分け入り、別荘の大広間《サロン》に目をやる。裕子がリビングソファに坐り、五人の男たちに何か言っている。どの男も不安顔だった。

尾津たちは裕子らが山岸の別荘に身を隠していることを確認すると、来た道を引き返した。スカイラインの中で待機する。

側道の前を灰色のレクサスが通り過ぎたのは、およそ二時間後だ。運転者は山岸岳だった。

少し待つと、能塚と勝又がスカイラインに近寄ってきた。覆面パトカーは、林道に駐《と》めたらしい。

「やっぱり、裕子と五人の売れない画家は山岸の別荘に身を潜めてましたよ」

尾津は車から降り、能塚に言った。能塚がうなずき、手提げ袋の中から尾津たちの拳銃と特殊警棒を取り出した。

尾津は、受け取ったシグ・ザウエルＰ230と特殊警棒をベルトの下に差し入れた。白戸が倣《なら》う。

「大久保ちゃんに電話して、専従班の連中にこっちに来てくれるよう要請してくれ」

能塚が勝又主任に命じた。勝又が短く応じ、すぐに官給携帯電話を上着のポケットから取り出した。

「室長、どういう段取りでいきます?」

尾津は指示を仰いだ。

「おれと勝又は玄関のドアをノックして、山岸を誘《おび》き出す。猟銃を持ってるかもしれないからな」

「一年足らずで停年を迎える能塚さんを殉職させるわけにはいきません。おれと白戸が正面突破します。室長と勝又さんは建物の裏に回って、逃げ場を封じてくれませんか」

「部下たちは若死にさせられんよ。おれがドアを開けさせる。おまえたちは、裏を固めてくれ」

「しかし……」

「これは命令だ。おれの言う通りにするんだ。いいな?」

「わかりました。別荘の横は自然林です。おれたち二人は、そこから山岸の別荘の敷地に忍び込みます」

「そうしてくれ」

能塚が口を結んだ。

数分後、勝又が通話を切り上げた。

「専従班の四人をこちらに急行させてくれるそうです」

「わかった。勝又、おまえはおれの後ろにずっといろよ。山岸が散弾銃をぶっ放すかもしれないからな」

「美術品鑑定家は、そこまで捨て鉢にならないでしょ?」

「わからないぞ」

「危《ヤバ》いなあ」

「ビビるな。おれがおまえを護《まも》り抜いてやる。だから、びくつくんじゃないっ」

能塚が勝又を一喝《いっかつ》して、山岸の別荘に足を向けた。尾津たち部下は後に従った。勝又主任は顔面蒼白だった。

「裏に回ってくれ」

能塚が尾津たち二人に命令した。コンビは黙ってうなずき、自然林の中に分け入った。

尾津は前進しながら、別荘の車寄せを見た。ポルシェ、レクサス、エルグランドの三台が駐めてあった。

尾津と白戸は柵《さく》を跨《また》ぎ、山岸のセカンドハウスの敷地に侵入した。白戸が心得顔で建物の真裏に回る。

尾津は姿勢を低くして、サンデッキの真下に入り込んだ。短い階段の近くだった。裕子たちは、サンデッキに面した大広間《サロン》にいる。詐欺の加害者たちがサンデッキから逃走を図っても、虚《むな》しい結果に終わるだろう。

能塚と勝又がアプローチをたどり、ポーチに駆け上がった。ノッカーが幾度も鳴らされた。誰かが玄関に向かう気配が伝わってきた。

ややあって、押し問答する声が耳に届いた。能塚たち二人を追い返そうと声を荒らげているのは、山岸岳だった。遣り取りで、そのことはわかった。

大広間のガラス戸が勢いよく横に払われ、誰かがサンデッキに出てきた。

尾津はしゃがんだまま横に動き、サンデッキに駆け上がった。すぐ目の前に、スリッパを履《は》いた裕子がいた。その背後には、五人の男の姿があった。

「あなたは確かパリ派の画家の小品を探してらした……」

「ひと芝居打ったんだよ。おれは警視庁捜査一課の者だ。そっちは後ろにいる売れない画家たちに名画の贋作をやらせて、闇販売してたな。そのことを牧慎也に知られて、毎月百万の口止め料を振り込まされてた。際限《さいげん》なく強請《ゆす》られると思ったんで、一昨年七月五日の夜、誰かに牧を毒殺させたんじゃないのか？」

「わたし、殺人依頼なんかしてないわ」

「しぶといな」

尾津は薄く笑って、ベルトの下からシグ・ザウエルP230を引き抜いた。安全装置を外すと、五人の男が我先に大広間に逃げ込んだ。

「名画の贋作のことで牧に強請られてたことは確かだけど、わたし、誰にも人殺しなんか頼んでませんよ。嘘じゃありません。本当です」

「暴発を装って、そっちを撃つか」

「やめて！　撃たないでちょうだい」

裕子が涙声で言い、膝から崩れた。尾津は銃口を下げた。

「わたしは山岸さんに偽の鑑定書を発行してもらって、幻の名画の贋作を富裕層の中国人やインド人にネットの裏サイトを通じて売ってただけよ。牧のことは殺したいと思ってたけど、絶対に第三者に殺させてなんかいません。それだけは信じて……」

女画商が嗚咽《おえつ》しはじめた。ちょうどそのとき、五人の贋作家が相前後して床《ゆか》に伏せた。裏から別荘に突入した白戸が拳銃で威嚇している。

能塚と勝又に両腕を押さえられた山岸がサロンに押し戻された。散弾銃は持っていなかった。

「女社長は名画の贋作のことは自供しましたが、牧の事件《ヤマ》には関わっていないと言い張ってます」

尾津は能塚に言った。

「山岸も同じ供述をしてる。専従班の連中にとことん取り調べてもらおう」

「わかりました。絵画詐欺に関わった七人を一カ所に集めて、専従班を待とう」

能塚がそう言い、山岸をソファに坐らせた。

尾津は拳銃をベルトの下に滑らせ、裕子を引き起こした。

2

長嘆息が重なった。

尾津は真向かいに坐った白戸と顔を見合わせ、苦笑いした。

どちらも、分室のソファに腰かけていた。美ヶ原高原から戻ったのは、およそ四十分前だ。間もなく午後五時になる。

安田裕子、山岸岳、五人の贋作画家は、本家の専従班の取り調べを受けている。専従班に身柄を確保されても、『蒼風堂』の女社長は供述を変えなかった。名画の贋作ビジネスの主犯であることは素直に認めたが、牧の殺害には関与していないと言い張った。

ターナー、ルノワール、ムンク、クレー、シャガール、ミロなどの名画の贋作は山岸の別荘の地下室に保管されていた。原村の秘密アトリエから持ち出されたキャンバスや画架《イーゼル》なども隠してあった。名画の分析に用《もち》いる機器も見つかった。

名画の画布材や顔料を分析したのは、山岸だった。さらに偽の鑑定書も発行していた。山岸は個人所蔵の名画と所在不明の油彩画だけを選び出し、新井たち貧乏画家に贋作をさせていた。名画贋作ビジネスの主犯はもちろん裕子だが、山岸の罪も重い。

「ポジティブ・シンキングでいこうよ」

自席に向かった勝又が、尾津に声をかけてきた。

「そうですね」

「本家の取り調べが終わってないけど、安田裕子が牧の事件に関わってなかったとしても落ち込むことはないよ。容疑者が少なくなったのは前進なんだからさ」

「そう考えれば……」

「プロ野球のホームラン王だって、時には空振りをしてる。ドンマイ、ドンマイ！」

「勝又、おまえは長生きするよ」

能塚室長が厭味を言って、自分の席から立ち上がった。

ちょうどそのとき、本家の大久保係長が分室にやってきた。能塚が机を回り込み、大久保に歩み寄る。

「安田裕子の供述は変わらないのかい？」

「ええ。本事案では、シロのようですね」

「専従班は女画商をとことん追い込んだのかな。『蒼風堂』の女社長は誰かダミーを使って、殺し屋《プロ》に牧慎也を消してくれって依頼したんじゃないのかね？　牧に毎月、百万円の口止め料を払うのは腹立たしかっただろうからな」

「そうでしょうね。ですが、裕子が殺し屋と接触した様子はないんですよ」

「女画商にのめり込んでる山岸が殺しの依頼をした気配もうかがえなかったのかい？」

「ええ」

「五人の画家が牧を始末したとは考えにくい。怪しいのは裕子と山岸だな」

「専従班に裕子と山岸のどちらかが犯罪のプロと何らかの方法で接触したかどうか調べさせましょう」

「それは分室《うち》でやるよ」

「能塚さんのチームには、『東西リサーチ』の畑中憲義社長を再度調べてもらいたいんです」

大久保が言った。

「事件当夜、畑中にはれっきとしたアリバイがあった。それから、第三者に牧を始末させた疑いもなさそうだったんで……」

「ええ、それで捜査対象から外した恰好《かっこう》になってました」

「いまになって、もう一度畑中を調べろとはどういうことなのかな？」

能塚が不服げに問いかけた。

「さきほど第二係《うち》に密告《タレコミ》電話があったんですよ」

「どんな密告だったんだい？」

「公衆電話で情報を寄せてきた人物は、『東西リサーチ』の社長にフリーライターの日高克文を葬ってくれと頼まれたことがあるらしいんです。畑中は何人かの社員を恐喝代理人にしてる事実を知られてしまったんで、日高の口を塞いでくれと言ったそうなんですよ」

「フリーライターの名まで口にしたのか」

「そうなんですよ。わたし自身がたまたま受話器を取ったんですが、密告者が日高のフルネームまで言ったんで……」

「虚偽情報《ガセネタ》じゃないと思ったわけか」

「ええ。密告者は、人殺しは割に合わないときっぱりと断ったらしいんです。その前に、刑務所仲間のひとりが畑中に牧を始末してくれと頼まれたことがあると言ったんですよ」

「その刑務所仲間の名を明かしたのかい？」

「いいえ、そこまでは教えてくれませんでした。しかし、密告者の話をでたらめと片づけたら、後で悔やむことになるかもしれないと思ったわけです」

「そう。密告電話をかけてきた奴は、ボイス・チェンジャーを使ってたのかな？」

「ボイス・チェンジャーは使ってませんでしたが、丸めたハンカチを口に含んでるようでした。声がくぐもってましたから」

「そいつは男だったんだね？」

「だと思いますが、そうだったとは断言できません。女が低い声で喋れば、男のようにも聞こえるでしょうからね」

「録音しなかったのか」

「あいにく近くに誰もいなかったんです。いったん通話を中断させたら、相手に警戒心を与えるだろうと考え……」

　大久保が下を向いた。

「日高の名を口にしたんなら、大久保ちゃんが言ったようにガセネタじゃなかったのかもしれないな」

「畑中をまたマークしてもらえますか？」

「わかったよ。ちょっと調べてみよう」

能塚が言った。大久保が尾津たち三人に軽く頭を下げ、分室から出ていった。

能塚が白戸の横に腰かけ、尾津を見た。

「密告電話はガセじゃなさそうだよな？」

「と思いますが、電話の主がわざわざ日高の名を挙げたことに少し引っかかりますね」

「何か作為《さくい》を感じるんだな？」

「ええ、まあ。電話をかけてきた人物は、ミスリードを狙ってるとも受け取れるんですよね」

「牧を殺《や》った真犯人《ホンボシ》が畑中を加害者に仕立てようとしてるんではないかってことなんだな？」

「そうです」

「白戸、おまえはどう思う？」

「おれは尾津さんみたいに深読みしなかったんで、密告者が仄《ほの》めかした通りかもしれないって……」

「そうか」

「室長、順番が違うでしょ！　ぼくは主任なんですよ」

　勝又が憤然と椅子から立ち上がった。

「悪い！　勝又がいることをつい忘れてた」

「傷ついたな。プライド、ずたずたですよ」

「だろうな。わざと勝又を怒らせたんだ。おれが大久保ちゃんと話してる間、おまえは机の下でずっとスマホを覗いてた。どうせお気に入りのアイドルユニットの動画を再生させてたんだろうが！」

「すみません」

「やっぱり、そうか。おれがちょっと目を離すと、勝又はすぐ気を緩《ゆる》めてしまう。主任がそんなことでどうするんだっ。焦《じ》れったくなったんで、意図的におまえの自尊心を傷つけたんだよ」

「そうだったんですか」

「発奮する気になったか？　尾津や白戸に範《はん》を示せる主任になってくれ。おまえは、決して無能じゃない。怠《なま》けてるだけだ。しっかりすれば、いい刑事になれる」

「室長は、パワハラでぼくをいたぶってるわけじゃなかったんですね。早合点してしまって、すみませんでした」

「いいから、おまえの意見を聞かせてくれ」

能塚が促《うなが》す。

「大久保係長の要請にケチをつけるわけじゃありませんけど、尾津君が指摘したようにミスリード工作っぽい密告電話ですよね。ですんで、チーム全員で畑中を再度調べる必要はないと思います」

「勝又は誰をマークすべきだと考えてるんだ？」

「安田裕子は、かなり強《したた》かな女です。贋作ビジネスのことを恐喝材料にして執拗に口止め料をせびりつづけてた牧をいつまでも生かしておくはずはないんじゃないでしょうか」

「話が回りくどいぞ。要するに、女画商が犯罪のプロに牧を片づけさせた疑惑はまだ拭《ぬぐ》えないってことだな？」

「そうです」

「そういうことなら、おれと勝又はそのへんを洗い直そう。尾津と白戸には畑中を改めてチェックしてもらおうか」

「わかりました。すぐに動きます」

尾津はソファから腰を浮かせた。白戸も立ち上がる。二人は分室を出て、エレベーター乗り場に向かった。

　地下二階に下り、スカイラインに乗り込む。白戸がイグニッションキーを捻ってから、自問するような口調で呟いた。

「尾津さんの推測通りなら、誰が畑中憲義に牧殺しの濡衣を着せようとしてるんだろうか」

「牧と畑中に強請《ゆす》られた連中の誰かが疑わしいことは疑わしいが、果たして真犯人《ホンボシ》がその中にいるのかどうか」

「尾津さんは、強請の獲物にされた連中は牧殺しにはタッチしてないと思ってるんじゃない？」

「そんな気がしてるんだが、空振りつづきだから……」

「自信があるとは言えない？」

「そうだな。牧の事件は、四年ほど前の強盗殺人事件とは本当に繋がってないのかね。牧は別件で逮捕され、強盗殺人事件で誤認逮捕されたんだぜ」

「でも、証拠不十分で二晩留置されただけで釈放になった。牧を被疑者扱いした当時、大崎署の刑事課長だった林葉武彦は責任を取る形で依願退職したんだったよね？」

「そう。林葉は牧の人生を狂わせたことで自分を責め、匿名で月々、詫び料を払いつづけた。土下座もしたんだが、それだけで牧はすべてを水に流せるもんだろうか。白戸、おまえが牧だったとしたら、どうだ？」

「そこまでされても、林葉を赦《ゆる》す気にはなれないかもしれないね。会社に居づらくなって、いかがわしい探偵社で働かざるを得なくなったわけだからさ」

「そうなんだよな。将来になんの展望もなかったら、自棄《やけ》にもなるだろう。現に牧は畑中に抱き込まれて、恐喝の片棒を担ぐようになった」

「自分を誤認逮捕した林葉をどうしても赦すことができなくて、牧は相手の弱みを押さえる気になったのかな。林葉が退職金と貯えだけで『親和重機』を興せるはずはないと考えたんでしょ？」

「林葉は、警察ＯＢの実業家郷原哲孝から事業資金を借りたと言ってたが、それが事実かどうかは未確認だ。郷原は大先輩だし、企業グループの総帥だよな？」

「そうだね。そのあたりのことは確認しにくい」

「牧が林葉に仕返しをしたとも考えられるが……」

「林葉が何か不正な方法で事業資金を調達したことを牧が嗅ぎつけて巨額の口止め料を要求したとしたら、大崎署の元刑事課長は脅迫者を亡き者にしたいと考えそうだな。尾津さん、そんなふうに筋を読めるんじゃないの？」

「そうだな。しかし、心証だけじゃ、重要参考人とは極《き》めつけられない。これまで迷走気味だったんだから、少し慎重になろう」

「そうすべきだろうね。ところで、畑中憲義をどう揺さぶる？　牧が毒殺された日、『東西リサーチ』の社長は広島の実家にいた。れっきとしたアリバイがあるわけだけど、第三者に牧を片づけさせたと疑えなくもないんだよね？」

「疑惑はゼロじゃないいな」

尾津は言った。

「元経済やくざなら、殺し屋《プロ》を見つけることはできるだろうね。けど、その証拠はなかなか押さえられないんじゃないの？」

「それは難しいだろうな。強請屋に化けて、畑中に鎌をかけてみるか。畑中が犯罪のプロに牧を始末させた証拠を握ってると揺さぶりをかけて、その反応を見てみようや」

「了解！　新橋に向かうね」

白戸がスカイラインを発進させた。

目的地に着いたのは、十五、六分後だった。尾津は『東西リサーチ』の近くに車を停めさせ、私物の携帯電話で探偵社の代表番号をコールした。

受話器を取ったのは、若い男性社員だった。

「お電話、ありがとうございます。『東西リサーチ』でございます」

「畑中社長に替わってんか」

尾津は関西弁で言った。

「どちらのどなたでしょう？」

「一匹狼の極道者《ごくどうもん》や。早《はよ》う畑中に替わらんと、警察の手入れを喰うことになるで。畑中は何人かの社員を恐喝代理人にして、不倫カップルの双方から口止め料をせしめてるんやからな」

「いま、社長に替わります」

相手の声が熄《や》み、畑中の声が尾津の耳に届いた。

「関西の極道だって？」

「そうや。不倫カップルの双方から口止め料をせびってる証拠を押さえてる。その録音音声を買《こ》うてくれんかったら、警察に密告《チク》るで」

尾津は作り声で凄んだ。

「いい度胸してるじゃねえか。いま、どこにいるんだ？」

「おたくのオフィスの横の脇道に月極駐車場があるやろ？　そこから電話してるんや。刑務所《ムショ》に入りとうないんやったら、すぐこっちに来るんや。商談しようやないか」

「わかった。すぐ行く」

電話が切れた。尾津は私物のモバイルフォンを懐に突っ込み、白戸に段取りを伝えた。

「脇道の奥にある月極駐車場で畑中を待ち伏せする。おれたちは車の間に隠れて、畑中を待つ。対象者《マルタイ》が姿を見せたら、おまえは脱いだ上着を畑中の頭にすっぽりと被せてくれ。おれは畑中の脇腹に銃口を突きつける。反則技だが、畑中を殴打するよりはスマートだろう？」

「だね。その手でいこうよ」

二人はスカイラインを降り、脇道に駆け込んだ。

月極駐車場は四、五十メートル先にある。

尾津たちは月極駐車場に入り、それぞれ車と車の間に隠れた。道路側にいる白戸が上着を脱いで、出入口に視線を向ける。

数分待つと、スーツに身を包んだ畑中が駐車場に入ってきた。小首を傾《かし》げながら、ゆっくりと走路をたどりはじめる。

白戸が躍《おど》り出て、上着で畑中の頭部を覆った。巨漢刑事は、抜け目なく太い腕を畑中の喉に回した。

尾津はベルトの下からシグ・ザウエルＰ230を引き抜き、畑中の背後に迫った。スライドを滑らせ、銃口を畑中の脇腹に密着させる。

「くそっ、仲間がいたのか」

畑中が忌々《いまいま》しげに言った。

「突きつけたんは銃口やで。感触で、わかるやろ？」

「ああ。いくら欲しいんだ？」

「あんた、誰かに牧慎也を片づけさせたやろ？　恐喝代理人の分け前が少ない言うとったからな」

「おたく、牧の知り合いらしいな」

「そうや。牧はあんたの悪事をいろいろ知ってるさかい、少し銭《ぜに》を吐き出させるつもりやったにちゃいない。けど、一昨年《おととし》の七月五日の夜、大崎の裏通りで猛毒クラーレを塗った婦人用の傘の先に突かれて死んでもうた。あんたが殺し屋《プロ》にやらせたんやないのかっ」

「お、おれじゃない。おれは誰にも牧を殺《や》らせてないっ。本当だって」

「一発ぶっ放せば、観念するやろ」

尾津は銃口を強く突きつけた。そのとたん、畑中がわなわなと震えはじめた。涙声で自分は潔白だと繰り返す。

「シロだね」

白戸が小声で言った。

「みたいだな」

「チョーク・スリーパーで、しばらく眠ってもらうか」

「そうしてくれ」

尾津は数歩退《さ》がった。白戸が畑中に裸絞めをかける。畑中が唸って、ゆっくりと頽《くずお》れた。

「車に戻ろう」

尾津は拳銃をベルトの下に差し込んだ。二人は自然な足取りで月極駐車場を後《あと》にした。

3

喉がいがらっぽい。

煙草の喫《す》い過ぎだろう。尾津は、短くなったセブンスターを灰皿に捨てた。

分室の自席だ。畑中を締め上げてから、白戸とアジトに戻ったのである。

もちろん、能塚の許可は得ていた。室長と勝又主任は、安田裕子と親しくしている知人宅をまだ訪ね回っていた。もう間もなく午後八時になる。

「室長たちの聞き込みも徒労に終わるんじゃないのかな？」

　白戸がソファに深く凭《もた》れ掛かって、気だるげに言った。

「捜査が空転してるんで、少しだれてきたようだな」

「うん、ちょっとね。組対《そたい》にいたころは捜査に行き詰まったときは、必ず小休止したんだ。みんなで飲み歩いて、頭の中を空っぽにしたんだよね。そのおかげで、急に捜査が進むことがよくあったな」

「ここらで、頭をリフレッシュしたほうがいいんじゃないかと言いたいんだろ？」

「ビンゴ！　能塚・勝又コンビが戻ってきたらさ、尾津さん、六本木の東欧クラブに行かない？　ベラルーシ出身のホステスが多いんだけどね、どの娘《こ》も女優みたいにマブいんだよ。中には、店外デートに応じてくれる女もいるんだ。ショートで五万だから、ちょっと高いけどさ」

「刑事でありながら、おまえ、金で女を買ってるのか⁉　それは問題だな」

　尾津は笑いながら、巨漢刑事を詰《なじ》った。

「そういう笑えないジョークはよくないよ。尾津さんだって、ワンナイト・ラブの相手を見つけられないときはプロの女たちと遊んでるじゃないの」

「おまえ、誰かと間違えてるな。おれはメンタルな触《ふ》れ合《あ》いのある女としか肌を重ねない主義なんだ」

「嘘は泥棒の始まりだよ」

白戸が呆《あき》れ顔で言い、大仰に肩を竦《すく》めた。

そのとき、能塚と勝又が聞き込みから戻ってきた。ともに疲れた様子だ。

「お疲れさまです。室長、どうでした？」

尾津は椅子から立ち上がって、能塚に歩み寄った。

「安田裕子と親交のある男女にひと通り会ってみたが、無駄骨を折っただけだったよ。女画商は殺し屋《プロ》とは接触してないと判断すべきだろうな」

「電話で報告した通り、畑中も牧殺しではシロだという感触を得ましたんで……」

「裕子と畑中は捜査対象から外そう。畑中の指示で牧は不倫カップルたちを脅迫してたわけだが、口止め料を払った者の中にも疑わしい人物がいなかった。息抜きをするか。日比谷にうまい物を喰わせてくれる小料理屋があるんだ。みんなで、その店に行くか？」

「おれはつき合ってもかまいません。白戸も行くと思います」

「おまえも、たまにはつき合えよ。割り勘だなんてケチ臭いことは言わない。おれが勘定を持つからさ」

能塚が勝又を誘った。

「せっかくですけど、先約があるんですよ」

「デートか？」

「そんなんじゃありません。サポーター仲間が転職の相談に乗ってほしいと前々から言ってたんで、その彼と会う約束をしちゃったんですよ」

「そうか。勝又、個人主義が悪いとは言わないが、おまえもチームの一員なんだ。ある程度の協調性は必要なんじゃないのか？」

「ええ、そうですね。次の機会には、飲み会に出席しますよ。あまり時間がないんで、ぼく、お先に失礼します」

勝又が自分のロッカーに走り寄った。取り出したトレードマークのリュックを背負い、あたふたと分室から出ていった。

数分後、尾津たち三人もアジトを後《あと》にした。本庁舎を出て、日比谷の映画館街まで歩く。

能塚が案内してくれた小料理屋は、飲食店ビルの地下一階にあった。カウンター席とテーブル席があり、中高年の客が目立つ。

三人は奥のテーブル席に落ち着き、ビールと刺身の盛り合わせを注文した。配膳係の若い女性は着物姿だった。

能塚が二人の部下のグラスにビールを注ぎ、手酌で自分のグラスも満たした。

「とりあえず、乾杯しようや」

「はい」

尾津と白戸は、ほとんど同時にビア・グラスを持ち上げた。三人はグラスを軽く触れ合わせ、冷えたビールを呷《あお》った。

「ここの魚の多くは、近海ものなんだ。本鮪《ほんまぐろ》も天然物で、養殖鮪みたいに脂《あぶら》がしつこくないんだよ。金目鯛《きんめだい》の煮付けは最高だね。後で注文するから、遠慮なく喰ってくれ。穴子の天ぷらもうまいよ」

「色っぽい女将《おかみ》がいると思ってましたが、店主は男なんですね」

「女好きの尾津はがっかりしたろうが、店の大将は俠気《おとこぎ》があって、常連客には慕われてるんだ。もう七十近いんだが、元気そのものだよ」

「寛《くつろ》げそうな店だな」

「ああ。よかったら、おまえらも利用してやってくれ」

能塚が言って、豪快にビールを飲んだ。尾津も白戸も遠慮しなかった。

ビア・グラスを空けると、焼酎《しょうちゅう》のロックに切り替えた。刺身は、じきになくなった。

能塚がお品書きを見ながら、次々に肴《さかな》を注文した。

三人は飲み喰いしつつ、ひとしきり雑談を交わした。そのうち、自然と仕事のことが話題になった。

「室長に思い出したくないことを聞かせてもらいたいんだけど、誤認逮捕した相手にだいぶ恨まれたんじゃないのかな?」

白戸が、斜め前に腰かけた能塚に訊いた。

「そりゃ、恨まれたよ。そいつは前科《ホシ》が三つある泥棒《ノビシ》だったんだが、荒っぽいことはやらない奴だったんだ。しかし、殺害現場にはその男の指紋《モン》がべったり付着した血塗れの大型スパナが遺《のこ》されてた」

「被害者は貸金業者だったと誰かに聞いた記憶があるな」

「そうなんだ。おれが犯人《タマ》と極《き》めつけた男は事件が起きる一カ月前に資産家の邸に忍び込むとき、塀から落ちて腰を痛めちゃったんだよ。そんなことでな、生活費に困ってたんだ」

「だから、金持ちの自宅に侵入しようとしたわけか」

「そういうことだな。で、強欲な金貸しの事務所に押し入ったと睨んだわけさ。凶器に付いてた指掌紋は泥棒《ノビシ》のものに間違いなかったんでな。それから、アリバイも立証されなかったんだ」

「で、逮捕に踏み切ったんですね？」

「そう。ところが、泥棒《ノビシ》を逮捕《パク》った翌々日に真犯人《ホンボシ》が警察に出頭したんだ。おれは蒼《あお》ざめたよ。取り返しのつかないミスをしちまったわけだからな」

「真犯人は何者だったんです？」

尾津は話に加わった。

「泥棒《ノビシ》の弟子筋に当たるチンケな野郎だったよ。そいつは、つき合ってる飲み屋の女に毛皮のコートを買ってやると約束してたらしいんだが、金の都合をつけられなかったんだ」

「それだから、その男は師匠の大型スパナを無断で持ち出して犯行に及んだわけか」

「そうだったんだよ」

「おれが捕まえた泥棒《ノビシ》はシロだったんだ。おれは土下座こそしなかったが、相手に平謝りに謝ったよ。誠意が伝わったのか、泥棒は水に流してくれると言ってくれた」

「よかったですね」

「いや、本心から赦《ゆる》してくれたわけじゃないんだよ。おれに強盗殺人事件の加害者にされた男は、酔って何度も襲ってきた。金属バットやゴルフクラブを憎々しげに繰り返し振り下ろしたんだよ。避《よ》けたんだが、泥棒《ノビシ》に手錠を掛ける気にはなれなかったな。元はといえば、おれが悪いわけだからさ」

「そのうち、相手は仕返しを諦めたんですね?」

「結果的にはそうなんだが、誤認逮捕して何年かは命を狙われたよ。それだけ、悔しかったんだろう。強盗殺人事件の犯人として手錠を打たれたことがさ」

「そうなんでしょうね」

「誤認逮捕は一生の不覚だな。おれは当然、辞表を書いた。しかし、多くの上司に慰留《いりゅう》されて警察に残ったんだ。そういうケースは前例がないだろう」

「でしょうね」

「同僚の中には、おれのことを図々しいと面と向かって非難した奴もいたよ。実際、その通りだと思うね。しかし、職を辞するのはある意味で卑怯《ひきょう》なのかもしれないと考えるようになったんだ。刑事としての職務を全《まっと》うすることで、泥棒《ノビシ》に償《つぐな》いたかったんだよ」

能塚が辛《つら》そうに言って、ビールを飲み干した。尾津は黙って室長のグラスにビールを注いだ。

「室長をさらに辛くさせそうだけど、牧慎也は自分を四年前の強盗殺人事件の犯人扱いした林葉を心の底では赦してなかったんじゃないのかな」

白戸が言った。能塚が尾津より先に応じた。

「そうだったのかもしれないな。大崎署の元刑事課長を痛めつけても気は済まない。牧は依願退職した林葉が『親和重機』を興した裏には何かあると睨み、犯罪の証拠を摑んだんじゃないのかね」

「で、牧は事業で成功した林葉をボロボロにしてやろうと企《たくら》んだのかな。林葉は牧の復讐計画を察知して、手を打ったと考えられなくもないな。ね、尾津さん？」

「大崎署の刑事課長だった林葉武彦が築き上げたものを叩き潰される恐れがあったとしても、自分の手を直《じか》に汚すことは考えられないな。元刑事なんだぜ」

「そうか、そうだね。牧に何かで脅《おびや》かされてたとしたら、林葉は第三者に脅迫者の抹殺を頼むだろうな」

「と思うよ。前にも言ったが、林葉武彦が退職金と貯えだけで、中古重機販売会社を創業できたことが不思議だよね。何か危《ヤバ》い手段で事業資金を捻出したと疑えないこともない」

「そうだったんじゃないの」

「そうだったとしたら、林葉が犯罪のプロに牧を始末させたのかもしれないな。林葉のことをチームで調べ直してみるか」

能塚が配膳係の女性にビールを追加注文した。話が途切れた。

尾津はトイレに立った。用を足して手を洗い終えたとき、懐で私物の携帯電話が振動した。

尾津はモバイルフォンを摑み出し、ディスプレイに目をやった。電話をかけてきたのは、深町杏奈だった。

「職務に追われてるんだろうけど、なんとか力を貸してもらいたいの」

「何かあったようだな？」

「そうなのよ。きょうから新たな依頼人の身辺護衛に当たりはじめたんだけど、朝方、ちょっとした事件があったの。依頼人が自宅の車寄せの所で、洋弓銃《ボウガン》の矢を向けられたのよ」

「矢は依頼人を射抜いたのか？」

「ううん、幸い当たらなかったの。でも、毒矢を放たれたんで、危ないとこだったのよ」

「毒矢だったんだって？」

「そうなのよ。鏃《やじり》には粘《ねば》ついたものが塗りつけられてたんだけど、それは猛毒のクラーレだったの。知り合いの鑑識課員に非公式に調べてもらったのよ」

「そう」

尾津は内面の驚きを隠した。

「ボウガンの矢が依頼人に命中していたら、わたしは廃業に追い込まれてたでしょうね」

「きみにガードを依頼したのは、闇社会の首領《ドン》なのか？」

「ううん、警察OBよ。尾津さん、郷原哲孝って名を聞いたことない？」

「その大先輩の名は知ってるよ。本庁で要職に就いてから実業界に転じて、十六社を傘下に持つ『光進エンタープライズ』の会長になった人物だよな？」

「ええ、そうよ。わたし、一日二十万円で郷原会長の身辺護衛を請け負ったの。一日といっても、ガードに当たるのは七、八時間ね。目黒区青葉台《あおばだい》の郷原邸から四谷の本社ビルまでの護衛が主で、後は会長室に接してる秘書室で待機してるの」

「時給は三万円近いのか。おいしい商売をしてるんだな。羨ましいよ」

「協力してくれれば、あなたに相応の謝礼をお支払いするわ。強引だけど、これから会えないかしら。どこにいらっしゃるの？」

「日比谷の小料理屋で上司や相棒と軽く飲んでるんだ」

「それなら、うまく抜け出して。郷原会長を敵視してる人たちの名を聞き出したの。そのリストを尾津さんにお渡しするから、職務の合間に洋弓銃を持った男の雇い主を割り出してもらいたいのよ」

杏奈が言った。担当事案の被害者はクラーレで毒殺された。尾津は即座に杏奈に会うことを決めた。

「どこに行けばいい？」

「西麻布によく行くダイニングバーがあるの。『クレメンテ』という店名なんだけど、ルーマニア大使館の斜め裏手よ。そこの個室席で待ってるわ」

「三十分以内には行けると思うよ」

「待ってます」

杏奈が電話を切った。

尾津は手洗いを出て、能塚と白戸がいる席に戻った。まさか心を奪われた女性に会いに行くとは言えない。大学時代からの友人が事故で大怪我をしたと嘘をついて、室長に中座させてほしいと申し出る。

「そういうことなら、すぐ搬送された救急病院に行ってやれ」

能塚が言った。白戸が同調する。

尾津は後ろめたさを覚えながら、急いで小料理屋を出た。大通りでタクシーを拾い、西麻布三丁目に向かう。

指定されたダイニングバーに着いたのは、二十数分後だった。尾津は若いウェイターに導かれ、杏奈の待つ個室《コンパートメント》に入った。

「わがままを言って、ごめんなさいね」

杏奈が椅子から立ち上がって、頭を下げた。グレイのパンツスーツが似合っている。テーブルには、ミネラルウォーターしか置かれていない。

「シェリー酒とオードブルを二、三品届けてもらおうか。それとも、ワインにするかい？」

「飲みものと料理は、勝手にオーダーさせてもらったの」

「手回しがいいな」

尾津は、杏奈と向き合う位置に坐った。ウェイターが下がる。

「出世した者は、たいてい敵がいるわ。事業を次々に発展させた郷原会長も他人に妬《ねた》まれたり、逆恨みされてるようね。この四人が会長を快《こころよ》く思ってないみたいなの」

杏奈が言って、一枚の紙片を差し出した。

尾津は紙切れを抓み上げた。最初にリストアップされていたのは、なんと林葉武彦だった。

「四年ほど前に依願退職した林葉は警察ＯＢの郷原さんの私生活の弱みを摑んで、事業資金を出世払いで用立ててほしいと恐喝めいたことをしたらしいの。英雄色を好むじゃないけど、郷原さんには愛人が五人もいるのよ」

「林葉は大先輩の下半身スキャンダルを切り札にして、中古重機販売会社の開業資金を捻出したんだろうな」

「ええ、そうなんでしょうね。郷原さんは、飼い犬に手を噛まれたみたいなことを言ってたから」

「大崎署の刑事課長だったころ、林葉は五反田のパチンコ屋の景品交換所から千二百万円を奪って女性従業員を殺害した事件で誤認逮捕をしてるんだ」

「えっ、そうなの⁉」

「強盗殺人事件の犯人扱いされた牧慎也という男は一昨年の七月五日の夜、大崎駅近くの裏通りで歩行中に婦人用の傘の先で太腿を突かれて毒殺されたんだ。傘の先にはクラーレが塗られてた」

「クラーレが塗られてたんですって⁉」

杏奈が声を裏返らせた。

「そういう事件があったことを憶《おぼ》えてない？」

「言われて、思い出したわ。確かに通り魔殺人みたいな事件《ヤマ》があったわね。でも、まだ未解決だったと思うけど」

「そうなんだ」

「もしかしたら、尾津さんはその毒殺事件の継続捜査をやってるんじゃない？」

「うん、まあ。林葉は誤認逮捕した牧に土下座までして詫びたんだよ。牧は水に流した恰《かっ》好《こう》になったようだが、自分を殺人者扱いした林葉を赦《ゆる》してなかったのかもしれないな」

「無実なのに、殺人容疑を持たれたら、とうてい水に流すことなんかできないんじゃないかしら？」

「だろうね。牧は、林葉に何らかの仕返しをしたとも考えられる。その裏付《ウラ》けは取れてないんだが、リアリティーのない推測じゃないと思うよ」

「ええ、そうね。林葉武彦はいつか牧に命を狙われるかもしれないという強迫観念に取り憑《つ》かれて、先に第三者に敵を片づけさせたんじゃない？」

「そうだったとしたら、林葉は誰かに警察ＯＢの郷原哲孝を洋弓銃の毒矢で仕留めさせようとした疑いもあるな」

「郷原会長は、林葉のたかりを撥ねつけたのかな。林葉はそのことで会長を逆恨みしたのかしら？」

「ほかの三人は何者なんだい？」

尾津は訊いた。

「釣巻順一《つるまきじゅんいち》は利権右翼で、細谷秀策《ほそやしゅうさく》は企業恐喝屋よ。有馬明雄《ありまあけお》は会長の元お抱え運転手なの。有馬は会長の愛人のひとりに言い寄ったことがバレて、解雇されたのよ。退職金を一円も貰えなかったんで、郷原会長に殺人予告のメールを何度も送りつけてるらしいわ」

「だけど、その三人は会長を快く思ってないでしょうけど、命までは狙わないんじゃないかな。尾津さん、どう思う？」

「釣巻、細谷、有馬の三人の動きを探ってみないと、断定的なことは言えないよ」

「ええ、そうでしょうね。だけど、最も怪しいのは林葉武彦なんじゃない？」

杏奈が尾津を正視した。

「ま、そうだな。この後、特に予定はないんだろ？」

「今夜はね」

「それじゃ、ここを出たら、ホテルのバーでじっくりと飲もう。きみのことをもっと知りたいんだ」

「ホテルのバーで飲むのはかまわないけど、こっそり部屋を取っても無駄になるわよ。わたし、そんなに軽い女じゃないから。でも、お願いしたことをちゃんとやってくれたら……」

「人参をちらつかされたら、走らざるを得なくなりそうだな」

尾津はにやついて、上着のポケットから煙草と使い捨てライターを摑み出した。

首から下は泡塗《まみ》れだった。

4

尾津は六本木のホテルのバスルームにいた。十三階にあるツインベッドルームだ。午前零時近い。杏奈は先にシャワーを浴び、ベッドで待っている。

西麻布のダイニングバーからホテルのバーに河岸を変えたのは、十時半過ぎだった。尾津たちはシェリー酒を一杯ずつ飲むと、ワインに切り替えた。杏奈はハイピッチでグラスを空けた。飲めるくちなのだろう。

ホテルのバーは、ムーディーな雰囲気だった。仄暗《ほのぐら》く、卓上にはキャンドルライトの炎が妖《あや》しく揺らめいていた。

杏奈は寛《くつろ》いだ様子で、カクテルを八杯も空けた。ダイニングバーで、三田《みた》の賃貸マンションで独り暮らしをしていることは聞いていた。尾津は頃合を計《はか》って、杏奈をタクシーで自宅マンションまで送り届けるつもりだった。

ところが、杏奈が急に尾津に部屋を取ってと甘やかな声で囁《ささや》いたのである。

尾津は一瞬、自分の耳を疑った。杏奈は酔った様子ではなかった。拾いものをしたような気持ちだった。

尾津は手洗いに立ったついでに、フロントに急いだ。

一流のシティホテルでも、客室の稼動率が百パーセントということはあり得ない。必ず空き室はあるものだ。尾津は一泊の保証金を預け、同じ一階にあるバーに戻った。

「そんなつもりはなかったんだけど、もっとあなたと一緒にいたくなったの。ご迷惑なら、部屋をキャンセルして」

杏奈が恥じらいながら、そう言った。尻軽女《しりがるおんな》と思われたくなかったのだろう。

「おれも、まだ帰りたくないと思ってたんだ。しかし、もう二十代じゃない。がつがつするのはみっともないからな」

「うふふ」

「出よう。ダイニングバーはご馳走になったから、ここはおれに払わさせてくれ」

「駄目よ。わたしは、尾津さんに無理なお願いをしたわけだから、ここも……」

「ホテルのバーでぼられることはない。返礼させてくれないか」

尾津は先に円《まる》いテーブルから離れ、カードで勘定を払った。十三階の部屋に入ると、二人はすぐに唇をついばみ合った。舌を絡め、ひとしきりディープキスを交わした。

「先にシャワーを浴びてもいいかしら?」

杏奈が伏し目がちに言って、浴室に足を向けた。尾津はメインライトの光度を落とし、コンパクトなソファに腰かけた。紫煙をくゆらせながら、時間を遣《や》り過ごす。

白いバスローブ姿の杏奈がバスルームから出てきたのは、およそ十分後だった。尾津は入れ代わりに浴室に入ったわけだ。

熱めのシャワーを浴び、ボディーソープの泡を全身にまぶした。下腹部を入念に洗って、手早く白い泡を洗い流す。

尾津はバスタオルで体を拭い、ローブをまとった。脱いだ衣服やトランクスは、クローゼットの中だ。

杏奈の服は、きちんとハンガーに掛けられていた。ランジェリーは、目につくような場所には置かれていなかった。慎しみ深い女なのだろう。好感が増す。

尾津は二つのベッドに近づいた。杏奈はバスルーム寄りのベッドに横たわっている。仰向けだった。

尾津は寝具を大きくはぐった。

杏奈は全裸だった。砲弾型の乳房は張りがあった。ウエストのくびれは深かった。腰の曲線が美しい。ほどよく肉の付いた腿《もも》はすんなりと長かった。逆三角形に繁った和毛《にこげ》は絹糸のように細い。

「そんなにまじまじと見ないで」

杏奈が腕で目許《めもと》を隠した。尾津はバスローブを脱ぎ捨てた。早くも下腹部は熱を孕《はら》んでいる。

尾津は杏奈と胸を重ねた。杏奈の乳房は、まるでラバーボールだった。弾力性に富んでいた。二つの乳首は、すでに痼《しこ》っている。

二人は改めて唇を求め合い、舌を絡め合った。尾津は舌を吸いつけるだけではなく、上《うわ》顎《あご》の肉や歯茎《はぐき》も舌の先で掃《は》いた。どちらも、れっきとした性感帯だ。

杏奈が喉の奥で、なまめかしく呻いた。男の欲情をそそるような声だった。

尾津はフレンチキスを切り上げ、唇を滑らせはじめた。柔肌を愛撫しながら、項《うなじ》や喉元に口唇を這《は》わせる。耳朶《みみたぶ》を甘咬《が》みもした。

尾津は舌の先を杏奈の耳の奥に潜らせた。杏奈が身を揉《も》む。くすぐったさの中に快感が混じっているにちがいない。

杏奈が切なげに声を洩らし、尾津の肩や背中を撫ではじめた。いとおしげな手つきだった。

尾津は片方の乳房をまさぐりながら、片方の蕾《つぼみ》を口に含んだ。吸いつけ、弾き、圧《お》し転がす。杏奈が喘《あえ》ぎはじめ、徐々に顎をのけ反《ぞ》らせていく。

セクシーな唇は、こころもち開かれている。口の中でピンクの舌が舞っていた。尾津は片方の乳首を抓《つま》み、二本の指で擦《こす》り立てた。

じきに杏奈の喘ぎは、淫《みだ》らな呻き声に変わった。彼女は反り身になりながら、尾津の頭髪をしなやかな指で梳《くしけず》りだした。

尾津は体の位置を少しずつ下げ、杏奈の脇腹や下腹に唇を滑らせた。それから大きく伸び上がり、また唇を重ねる。

尾津はタイミングを計って、杏奈を俯《うつぶ》せにさせた。首筋、肩胛骨《けんこうこつ》、背中のくぼみ、腰を唾液《だえき》で濡らし、形のいいヒップの双丘に軽く歯を立てる。さらに太腿の裏を舐め、膕《ひかがみ》の肉をついばんだ。尾津は脹《ふく》ら脛《はぎ》も舌の先でなぞり、踝《くるぶし》もくすぐった。

「ね、焦《じ》らさないで」

杏奈が訴えた。

尾津はふたたび彼女を仰向けにさせ、なだらかな下腹に唇をさまよわせはじめた。そうしながら、飾り毛を優しく撫でつけて五指で掻き起こす。

杏奈がもどかしがっていることは感じ取れた。だが、尾津はわざと秘めやかな場所には指を這わせなかった。内腿を撫で、恥丘の上部だけを慈《いつく》しむ。

「いじわるしないで」

「どうしてほしいんだい？」

「言えない、言えないわ。わかってるくせに……」

杏奈がついに焦れ、腰を迫《せ》り上げた。次の愛撫をせがんだことは間違いない。情事に焦らしのテクニックは不可欠だ。それによって、性感が増す。

尾津は、ようやく敏感な突起に触れた。木の芽に似た塊《かたまり》はこりこりに痼り、包皮から零《こぼ》れている。生ゴムのような手触りだ。

その部分を指で圧し転がすと、杏奈は腰をひくつかせた。尾津は下から双葉を想わせる肉のフリルを捌《さば》いた。

指先は、たちまち蜜液に濡れた。熱い潤《うる》みを合わせ目全体に塗り拡《ひろ》げ、ぬめった陰核《クリトリス》に親指の腹を当てる。尾津は四本の指で小陰唇を搔き震わせながら、クリトリスを集中的に刺激しつづけた。

一分も経《た》たないうちに、杏奈は沸点《ふってん》に達した。愉悦《ゆえつ》のスキャットは長く尾を曳《ひ》いた。

尾津は襞《ひだ》の奥に右手の中指を埋めた。天井のGスポットを鉤《かぎ》の形にした指先で何度か釣り上げると、ふだんは奥に隠れている性感帯が盛り上がった。葡萄《ぶどう》の実ほどの大きさだ。

尾津はGスポットを擦りつづけた。

すると、杏奈は呆気《あっけ》なく二度目の極みに駆け上がった。裸身をリズミカルに硬直させ、悦《よろこ》びの声を迸《ほとばし》らせた。尾津は中指を引き抜かなかった。

すぐに指に緊縮感が伝わってきた。内奥《ないおう》は脈打っている。快感のビートだ。

尾津はGスポットを愛撫しながら、クリトリスを圧し転がしつづけた。

ほどなく杏奈は、またもや高波に呑《の》まれた。啜《すす》り泣くような声をあげながら、幾度も体を縮めた。

胸の波動が大きい。尾津は指を引き抜き、杏奈の呼吸が整うのを待った。
七、八分待つと、杏奈の息遣いは落ち着いた。
尾津は杏奈の秘部に顔を埋め、口唇愛撫に熱を込めた。花びらを吸いつけ、襞の中に舌を進める。クリトリスを舐め上げていると、急に尾津は杏奈の両脚で顔を挟まれた。ほとんど同時、杏奈がエクスタシーに昇り詰めた。小さく震える火照《ほて》った内腿が煽情的《せんじようてき》だった。

かなり感度良好だ。それとも、久しく男に抱かれていなかったのか。

杏奈の体は開発し尽くされているようだった。それでいて、関わりのあった男たちの影は感じさせない。

反応には、羞恥心《しゆうちしん》がうかがえた。いまは、特定の交際相手はいないのかもしれない。尾津は杏奈に傾斜する予感を覚えた。

「なんだか恥ずかしいわ。まさかこんなに乱れるなんて予想もしてなかったの」

杏奈が腿の力を緩めた。尾津は上体を起こした。

「感じやすい体なんだね」

「あなたがテクニシャンなのよ。相当、女遊びをしてきたんでしょ？」

「それほどでもないよ」

「嘘ばっかり！　女の性感帯を的確に刺激できるんだから、たくさんの女性を弄《もてあそ》んできたんでしょうね」

「おれは、女性産科医が書いた『女を悦《よろこ》ばせるベッドテクニック』というベストセラー本を繰り返し読んで、それを実践してみただけだよ。セックスした相手なんて、ほんの数人だって」

「そういうことにしておきましょう」

杏奈がむっくりと半身を起こし、尾津の胸板を軽く押した。仰向けになれという意味だろう。

尾津は上体を倒し、シーツに背中を密着させた。

杏奈が尾津の股の間にうずくまる。すぐに尾津はペニスの根元を握り込まれた。杏奈が断続的に握り込み、優しくしごきはじめた。

男根《だんこん》が一段と硬くなった。杏奈が亀頭に唇を被せた。舌の先で舐め回し、舌の先で鈴口をくすぐる。

次の瞬間には、張り出した部分の縁《ふち》を削《そ》ぐように刺激した。かと思うと、舌全体で先端を包み込む。

舌技は実に巧《たく》みだった。杏奈の舌は自在に変化した。彼女は胡桃《くるみ》のような部分をやんわりと揉みながら、猛《たけ》った性器を深くくわえ込んだ。

単に顔を上下させるだけではなかった。引くときは、O《オー》の形にすぼめた唇でカリを削ぐように擦った。尾津は反り返った。体の底が引き攣《つ》れる。

「そのまま体をターンさせてくれないか」

尾津は言った。杏奈はペニスを口に含んだまま、首を横に振った。

「一緒に狂おう。もう恥ずかしがることはないじゃないか。人間も所詮、動物なんだからさ」

尾津は諦《あきら》めなかった。杏奈はしばらくためらっていたが、体の向きを変えた。

赤い輝きを放つ秘部が目の前に迫ってきた。尾津は杏奈の尻《しり》を引き寄せ、合わせ目を舌の先で掻き分けた。複雑に折り重なった襞をくすぐりながら、尖《とが》らせた舌の先で膣壁を優しくなぞる。

杏奈が魚のように身をくねらせはじめた。内奥は愛液でぬめっている。

尾津は少し経ってから、舌をクリトリスに移した。その部分に変化のある舌技を施《ほどこ》すと、杏奈が狂おしげにシークレットゾーンを密着させてきた。

尾津は息苦しさに耐えながら、舌を閃《ひらめ》かせつづけた。三、四分が流れたころ、杏奈が絶頂を極めた。

尾津は、杏奈に余韻《よいん》を味わわせてから体を起こした。

杏奈に獣の姿勢をとらせ、体を繋いだ。

右手で乳首を交互に弄んで、左手で真珠のような塊を愛撫する。そうしながら、尾津は律動を開始した。
六、七度浅く突き、一気に奥まで分け入る。亀頭が子宮口に触れるたび、杏奈はなまめいた声を発した。尾津は突くだけではなかった。腰も捻《ひね》った。
とば口の襞を幾度か亀頭の縁で擦り上げると、杏奈は迎え腰を使いはじめた。動きは控え目だった。

そのせいか、尾津は少しも不潔感は覚えなかった。むしろ、大人の女の色気が好ましい。性の渇《かわ》きも伝わってきた。

尾津は、腰に快感の漣《さざなみ》がひたひたと押し寄せてくるのを意識した。このまま動きつづけていたら、爆《は》ぜてしまいそうだ。

尾津はいったん結合を解き、正常位で体を繋ぎ直した。この体位《ラーゲ》が男女ともに快感を得やすいことは性科学で明らかになっている。

「ゴールに達する前に抜くよ」

「いまは危なくないはずだから、このままで平気よ」

杏奈が言って、尾津を強く抱き締めた。

尾津はゴールに向かって疾走しはじめた。突き、捻り、また突く。杏奈の体はしとどに濡れていたが、少しも緩くない。彼女が息を吸い込むたびに、ペニスはきつく締め上げられた。

杏奈は尾津の動きに合わせて、腰を振った。

二人は唇を重ねたまま、ほぼ同時に絶頂《アクメ》に達した。射精感は鋭かった。ほんの一瞬だったが、脳天が白く霞《かす》んだ。

杏奈は震えながら、ペニスを搾《しぼ》り上げつづけている。二人は短く後戯を与え合ってから、静かに体を離した。

「こんなに深く感じたのは初めてよ」

杏奈が裸身を寄せてきた。

「おれもさ」

「あなたは、かなりの女性を知ってるのね。そうなんでしょ？」

「そういうことが気になるのは、おれを特別な他人と思いはじめた。そう受け取ってもいいのかな？」

「あら、ずいぶんうぬぼれてるのね。わたしたち、まだ知り合って間がないのよ。尾津さんはわたしのことをどれほど知ってるのかしら？」

「きみがいい女だってことを知ってれば、それで充分だと思うがな」

「その台詞《せりふ》で、いったい何人の女性を騙してきたの？　この際《さい》、白状したら？」

「泣かされてきたのは、こっちのほうさ。確かにおれは女好きだが、抜けてるとこがあるんだよ」

尾津は言った。

「そんなふうには見えないわ。惚れっぽい性質《たち》なんでしょうね」

「そう、それだな。理想に近い相手と知り合いになると、もう何も見えなくなるんだ」

「本当かな？」

「嘘じゃないよ」

「だったら、女性にうまく利用されたりしそうだから、少しは気をつけたほうがいいんじゃない？」

「そうかもしれないが、もう深町杏奈しか見えない」

「あら、呼び捨て？　一度ベッドを共にしたからって……」

「ちょっと図々しいか？」

「ええ。弾みで男女が一線を越えちゃうことだってあるでしょ？　どっちも大人の場合はね」

「恋人面《づら》はしないようにするよ。それはそうと、どうして急に考えが変わったんだい？　郷原哲孝に洋弓銃《ボウガン》の矢を向けた奴を割り出したら、おれに抱かれてもいいというニュアンスのことを言ってたが……」

「なぜなのか、自分でもよくわからないの。あなたの何かに惹《ひ》かれたのかもしれないし、単に男に飢えてただけなのかもしれないわ」

「つき合ってる男はいないようだね？」

「三年前からフリーよ。昔の彼は、わたしを良妻賢母にしたかったみたいなの。だけど、わたしはじゃじゃ馬だから。それに、いまの仕事をもっと発展させたいのよ。尾津さんが参謀になってくれると、嬉しいんだけど」

　杏奈が言って、尾津の肩にキスした。

「そんなことをされたら、またナニしたくなりそうだな」

「二ラウンドにはつき合えないわ。少し休んだら、汗を流して自分のマンションに戻らなきゃ。午前八時までには郷原会長のお宅に行かなきゃならないから、少しは寝ないとね」

「なら、おれもチェックアウトして、きみをタクシーで自宅に送るよ」

「あなたは、ここに泊まれば？」

「いや、きみと一緒に出る。でも、もう少し一緒にいたいな。頼まれたことは、なるべく早くやるよ」

「よろしくお願いします」

「よそよそしい言い方だな。おれたちは、秘密を共有した仲じゃないか」

尾津は杏奈を抱き寄せ、生《は》え際《ぎわ》にくちづけした。

第五章　惨《むご》い運命

1

ブラックコーヒーを飲み終えた。

トーストは半分食べただけだ。尾津はダイニングテーブルから離れた。中目黒の自宅マンションである。

深町杏奈と甘い一刻《ひととき》を過ごした翌朝だ。あと数分で九時になる。杏奈を三田のマンションに送って帰宅したのは、午前四時ごろだった。

尾津はすぐにベッドに潜り込み、八時過ぎに目覚めた。

そのときから、ずっと気が重い。きょうは仮病を使って欠勤して、杏奈に頼まれたことをこなすつもりだ。

これまでは職務を常に優先してきた。少しぐらい熱があっても、欠勤することはなかった。事実、私的な用事で仕事を休んだことはない。

刑事は職務を第一に考えるべきだろう。しかし、杏奈の力になりたいという気持ちが勝った。彼女に魅《み》せられたせいだろう。

担当事案の捜査は振り出しに戻った形だ。それに、牧慎也と因縁《いんねん》がある林葉武彦が警察OBの郷原哲孝に刺客《しかく》を向けたかもしれないという情報を杏奈から得ている。その通りだとしたら、担当事案とはまるで関わりがないわけではない。何らかの形でリンクしている可能性もある。単なる公私混同ではないだろう。

尾津は自分にそう言い聞かせて、手早く汚れた食器を洗った。一服してからリビングソファに腰かけ、能塚室長の携帯電話を鳴らす。

スリーコールで、通話可能になった。

「尾津、どうした?」

「風邪をひいたみたいで、三十九度ちょっと熱があるんですよ」

「珍しいな。ワンナイト・ラブの相手と汗塗《まみ》れになって、ベッド体操に励んだんだろうが?」

「それなら、いいんですがね。そんなことで、きょう一日だけ休ませてほしいんです」

「ああ、かまわないよ。近くのクリニックで解熱剤を処方してもらって、静かに寝てろ」

「ええ、そうします。白戸には、単独で動いてもらってください」

「そうさせるよ。といっても、きょうは捜査資料を読み直して、改めて筋を読むことにするつもりなんだがな。おれたち三人は聞き込みには出ないかもしれない」

「そうですか」

「こっちのことは何も心配ない。ゆっくり養生してくれ」

「はい。明日は登庁できると思います」

「無理することはない。とにかく、熱を下げるようにしろよ。お大事に！」

能塚が電話を切った。尾津はモバイルフォンの終了キーを押してから、胸底《きょうてい》で室長に詫びた。やはり、仮病を使って欠勤することは後ろめたかった。

尾津は前夜、杏奈から渡されたメモを拡《ひろ》げた。かつての部下だった春日暁《かすがあきら》に電話をかけた。春日は刑事総務課犯罪捜査支援室の室員である。三十三歳で、職階は巡査部長だ。

少し待つと、春日が電話口に出た。

「尾津だよ。変わりないか？」

「ええ、なんとかやってます。捜一から現在のセクションに異動になったときは、自分、少し落ち込みましたけどね。いまは、ここに馴染《なじ》んでます」

「そうか」

「同じ本部庁舎にいるのに、とんと顔を合わせませんね。ご無沙汰しています」

「挨拶は抜きだ。実は、春日に頼みがあるんだよ」

「どんなことなんでしょう？」

「私的な頼みなんで、こっそり動いてほしいんだ。いまから教える三人の自宅と連絡先を教えてほしいんだよ。メモを取る準備をしてくれないか」

尾津は少し間《ま》を取ってから、釣巻順一、細谷秀策、有馬明雄の名を挙げた。

「釣巻順一は利権右翼ですよね？」

「そうだ。細谷は企業恐喝屋で、有馬は『光進エンタープライズ』の郷原会長のお抱え運転手だった男だよ」

「郷原哲孝は警察OBで、事業家として大化けしたんですよね？」

「そう。その郷原が誰かに命を狙われてるかもしれないんだ。しかし、まだ裏付《ウラ》けは取ってない。だから、虚偽情報《ガセネタ》かもしれないんだが……」

「そうですか。メモした三人は、郷原哲孝と敵対関係にあるんですね？」

「そうらしいんだ。しかし、それも未確認なんだよ。ところで、郷原が実業界で飛躍できたのはなぜなのかね。半分は冗談だが、現職のころに郷原は警察の裏金の管理を任せられて、その金を着服して事業資金に充《あ》てたんだろうか」

「尾津さんでも知らないことがあったんですね。もうとうに亡くなった民族派の財界人の成島清《なるしまきよし》に郷原大先輩はかわいがられてたんですよ。三十年近く前に同じ短歌結社に所属してたんで。成島は郷原さんには経営の才があると見込んだようです」

「それで、郷原は実業界に転じたわけか」

「ええ。成島清が事業資金を無担保・無利子で郷原大先輩に貸し付けたみたいですよ。郷原さんは持ち前の経営手腕を発揮して、いまや企業グループのトップです。愛人が何人もいるようですけどね。美人秘書は、たいがい手をつけられてるって噂ですよ」

　春日が言った。好色な警察ＯＢは、身辺護衛を依頼した深町杏奈に言い寄るのではないか。尾津は少し不安になってきた。ガードの仕事を早く辞めさせたいが、杏奈に恋人面《づら》をするなと釘をさされている。どうしたものか。

「尾津さん、急に黙ってしまいましたが……」

「悪い！　ちょっと考えごとをしてたんだ。そういうことなら、『光進エンタープライズ』の会長が不正な手段で事業資金を捻出したんじゃなさそうだな」

「ええ、そう思います。釣巻、細谷、有馬の三人は郷原大先輩の女性関係を恐喝材料にして、多額の口止め料を脅し取ろうとしたんじゃありませんかね？　だけど、郷原さんは脅迫には屈しなかった。それだから、三人のうちの誰かが逆恨みして……」

「郷原哲孝を殺そうとしてる？」

「ええ、そうなのかもしれませんよ。三人の個人情報を調べたら、すぐにメールします」

「忙しいのに済まないな。そのうち、何か旨《うま》いもんを喰わせるよ」

「そんな気遣いは無用です。尾津さんには、さんざん世話になりましたんでね」

春日が通話を切り上げた。尾津は携帯電話を折り畳み、煙草に火を点けた。

二口《ふたくち》ほど喫《す》ったとき、白戸から見舞いの電話がかかってきた。

「仕事のことは忘れて、早く風邪を治したほうがいいね。もっと高い熱が出るようだったら、大学病院で診てもらったほうがいいな。町医者は誤診することがあるからさ」

「そうするよ」

「何か手伝えることがあったら、遠慮なく言ってほしいな」

「ありがとう」

尾津は電話を切った。数秒後、今度は勝又主任から見舞いの電話がかかってきた。

疚《やま》しさがあるせいか、長電話はできなかった。仲間たちを裏切ったことは罪深い。そう考えながらも、杏奈のために何か手伝いたいと強く思ってしまう。

春日からメール送信があったのは、四十数分後だった。かつての部下は自分の仕事をそっちのけで、すぐさま動いてくれたにちがいない。

六十二歳の利権右翼の自宅兼事務所は信濃町《しなのまち》にあった。尾津はブラックジャーナリストになりすまし、郷原に関する偽の情報を釣巻に提供することにした。

企業恐喝屋の細谷には同業者を装って、一緒に郷原を強請らないかと話を持ちかけ、探りを入れてみるつもりだ。五十五歳の細谷は定まった塒《ねぐら》を持っていなかった。首都圏のホテルを転々としているようだ。現在は、西新宿のシティホテルに投宿している。

郷原の元お抱え運転手だった有馬は失職直後に妻と離婚し、現在は中堅タクシー会社で働いている。きょうは夜勤明けで、中野区野方《のがた》の自宅にいるらしい。

尾津は春日にメールで謝意を表し、外出の支度をした。自宅を出たのは、午前十時四十分ごろだった。
七、八分歩き、レンタカーの営業所を訪れる。尾津は灰色のプリウスを借り、信濃町に向かった。
釣巻順一の自宅兼事務所を探し当てたのは、三十数分後だった。

尾津はレンタカーを路上に駐《と》め、利権右翼の自宅兼事務所に足を向けた。歩きながら、色の濃いサングラスをかける。

釣巻宅は三階建てだった。一階は事務所で、二階と三階は住居スペースになっているようだ。

尾津は事務所に足を踏み入れた。特攻服を着た若い男しかいなかった。

丸刈りで、眼光が鋭い。二十四、五歳だろう。机の上に拡《ひろ》げた日章旗に墨汁で檄文《げきぶん》を認《したた》めている。

「釣巻さんにお目にかかりたいんだが……」

「おたくさんは？」

「佐藤《さとう》という者だよ。サングラスをかけたままで失礼させてもらうぜ。いま、全国指名手配中なんで、面《つら》を晒すわけにはいかないんだ」

「何をやったんです？」

「恐喝《カツアゲ》を六、七件やって、しばらく潜伏してたんだよ。国内にいつまでも潜んでるわけにはいかないんで、国外に高飛びしたいんだ。それには、少しまとまった金がいる。釣巻さんに買ってもらいたい情報《ネタ》があるんだよ」

「おたく、ブラックジャーナリストみたいだね」

「おれをそう呼ぶ奴もいるな。そっちのボスは、『光進エンタープライズ』の郷原会長を面白くないと思ってるんだろう？」

尾津は鎌をかけた。

「まあね。郷原は、うちの先生に『光進エンタープライズ』傘下の会社はすべてブラック企業だと内部告発した奴を半殺しにさせといて、約束の報酬を払ってくれなかったんだ」

「なるほどな。それで釣巻さんが怒って、きのう、洋弓銃《ボウガン》で郷原を射抜かせようとしたわけか」

「うちの先生は、そんなことさせてないよ」

「えっ、そうなのか。どっちにしても、釣巻さんは郷原を快く思ってないわけだ」

「それはそうだよ。先生は三百万円の報酬で門下生の三人を動かしたのに、金を払ってもらえなかったんだからさ」

「おれは、郷原の致命的な弱みを押さえてる。それを切り札にすれば、釣巻さんは億単位の金を郷原から毟《むし》れると思うよ。大将はいるんだろ？」

「奥にいる」

「取り次《つ》いでくれないか」

「わかりました。あちらで待っててて」

相手が応接ソファセットを示し、奥に向かった。尾津は総革張りのソファに腰かけた。

数分待つと、釣巻がやってきた。六十過ぎだが、脂《あぶら》ぎっている。

尾津は立ち上がった。

「佐藤といいます。警察に追われてるんで、サングラスをかけたままで失礼します」

「そうなんだってな。若い者《もん》から話は聞いたよ。郷原には只働きをさせられたんで、頭にきてたんだよ」

釣巻が尾津の前に坐った。特攻服の男が一礼して、ソファセットから離れる。

「郷原が女狂いだということは、ご存じでしょ？」

「ああ、知ってる」

「実は、郷原は愛人のひとりを絞殺してるんですよ」

尾津は、とっさに思いついた作り話を口にした。

「本当なのか⁉」

「ええ。死んだ愛人の死体を処理した男から直《じか》に聞いた話ですし、その証言音声を持ってます。録音音声のメモリーを二千万円で買い取っていただけませんか」

「高いな」

「そんなことはないでしょ？　郷原は人殺しなんですよ。一億、いや、三億でも強請《ゆす》れるでしょう」

「そうかね？」

「ただ、気になる情報が耳に入ってるんですよ。きのうの朝、釣巻さんは誰かに郷原を始末させようとしませんでした？　そういう噂があるんですよ」

「おれはそんなことさせてないぞ。その気になれば、郷原から金を引き出せるからな。金になる相手を始末させるほど愚かじゃないよ」

釣巻が尾津を正視して、きっぱりと言い切った。目を逸《そ》らすことはなかった。嘘ではなさそうだ。

「なら、商談を進めましょう。一千五百万円で手を打ってもいいですよ。ただし、夕方六時までに現金を用意してください。そうすれば、録音音声のメモリーをお渡しします」

「一千万円なら、買うよ」

「その額では譲れませんね」

「負けたよ。午後六時に、また来てくれ。一千五百万円を用意しておく」

「では、いったん引き揚げます」

尾津は腰を上げ、大股で外に出た。利権右翼は前日の騒動には関与していないだろう。

尾津はプリウスに乗り込み、次に細谷の投宿先に向かった。

西新宿の高層ホテルに着いたのは、ちょうど正午だった。春日の情報によれば、企業恐喝屋の細谷は刈谷《かりや》という偽名で二〇〇一号室を月単位で借りているらしい。

尾津はレンタカーを地下駐車場に置き、エレベーターで二十階に上がった。サングラスはかけていない。

二〇〇一号室のチャイムを鳴らす。

ややあって、女の声でドア越しに応答があった。愛人だろうか。

「どなた？」

「刈谷さん、いや、細谷さんに耳よりな情報をお教えしようと思って訪ねてきたんですよ。失礼ですが、あなたは？」

「なんて言えばいいのかしら？」

「彼女なんでしょ？」

「そんなようなもんね」

「細谷さんは、部屋にいるんだね？」

「いま、トイレに入ってるの」

「細谷さんにとって、いい話なんだ。部屋で待たせてくれないか」

「ちょっと待ってください。勝手にドアを開けるわけにはいかないんで、いま彼に……」

「すぐドアを開けないと、あんたのパトロンが数々の企業恐喝で荒稼ぎしてることを捜査機関に密告するよ」

「えっ」

「パトロンが捕まったら、あんた、面倒を見てもらえなくなるぜ」

「それは困るわ。いま、ドアを開けます」

「よろしく！」

尾津は、ほくそ笑《え》んだ。作戦を変更し、細谷を追い込むことにしたのだ。

ドアが開けられた。

姿を見せたのは、三十歳前後の女だった。派手な身なりで、化粧も濃い。水商売関係の仕事に携わっていたのではないか。

部屋は控えの間付きだった。右手にベッドルームがあった。

「あんたは寝室にいてくれないか。場合によっては、細谷と殴り合いになりそうだな」

「乱暴なことはしないで」

「おれは先に手を出したりしないよ。しかし、流れで揉み合うことになるかもしれないな」

尾津は言った。

女が素直にベッドルームに引き籠《こも》る。尾津はトイレの近くにたたずんだ。

水を流す音が響き、ドアが開けられた。強烈な臭気が鼻腔《びこう》を撲《う》つ。

「悪党の糞《くそ》は臭《くさ》いな」

尾津は五十代半《なか》ばの卑《いや》しい顔つきの男を見ながら、顔をしかめた。

「きさまは誰なんだっ」

「あんた、細谷秀策だな？」

「そうだが、先に名乗れ！　それが礼儀だろうがっ」

細谷が喚《わめ》いた。尾津は懐から警察手帳を摑み出し、表紙だけを見せた。

「警視庁捜一の者だ。あんたが企業恐喝屋であることはわかってる。こっちの質問に正直に答えれば、いまは恐喝容疑で検挙しないよ」

「いまの話、本当なんだな？」

「ああ。単刀直入に言うぞ。あんたは、『光進エンタープライズ』の郷原会長に悪感情を持ってるな？」

「まあね」

「きのうの朝、あんたは殺し屋《プロ》に郷原を毒液を塗った矢を放たせたなっ」

「なんの話なんだ⁉」

「出社前の郷原に洋弓銃《ボウガン》の矢を放たせたろうが！　鏃《やじり》には、クラーレという猛毒がべったりと塗られてた」

「まったく身に覚えがない。殺人容疑までかけられたんじゃ、たまらないっ。任意同行に応じてもいいから、とことん調べてくれ」

「実は、殺人未遂で身柄を確保した男が雇い主はあんただって吐いたんだよ」

「そいつにすぐ会わせてくれ。誰かが、このおれを陥《おとしい》れようと企んでるんだろう。その男を怒鳴《どな》りつけて、依頼人の名を喋らせてやる！」

　細谷が声を張った。

　尾津は際《きわ》どい鎌をかけたことを後悔した。細谷が演技で怒っているとは思えなかった。全身に憤《いきどお》りが漲《みなぎ》っている。

「きょうのとこは引き揚げよう」

「ふざけるな。確証もないのに、おれを犯罪者扱いしやがって。謝れ！」

「勇み足を踏んだかもしれない。申し訳なかった。勘弁してください」

　尾津は頭を垂れ、二〇〇一号室を出た。軽率な行動に走った自分を戒《いまし》め、エレベーターで地下駐車場に下《くだ》る。

　尾津は借りたプリウスを駆って、中野区野方に急いだ。有馬明雄の自宅は住宅密集地の一画にあった。築三十年は経《た》っていそうな木造モルタル塗りの二階家だった。

　尾津はレンタカーを道端に寄せ、すぐに運転席から出た。数十メートル歩いて、有馬宅のインターフォンを鳴らす。

だが、スピーカーから音声は流れてこない。

留守なのか。尾津は少し待ってみることにした。

プリウスの中で時間が過ぎるのを待つ。三十分あまり経過したころ、細身の五十絡みの男が有馬宅の木戸を開けた。

尾津はレンタカーから飛び出し、痩せた男に声をかけた。

「警察の者ですが、有馬明雄さんでしょ？」

「そうだけど……」

「あなたは以前、『光進エンタープライズ』の郷原会長のお抱え運転手をやってらしたんですよね？」

「それが何か？」

「有馬さんは会長の愛人のひとりに言い寄ったんで、解雇された。退職金はまったく貰えなかった。そのことで、会長を恨んでたようですね」

「ちょっと待ってくれないか。事実はそうじゃないんだ。逆なんですよ」

「逆？」

「そうです。わたしが会長の愛人を口説いたんじゃなく、こちらが誘われたんですよ。その彼女が折入って相談があると言うんで、わたし、出向いたんです。そしたら、ガウン姿の愛人がいきなり抱きついてきたんですよ」

「まさか⁉」

「嘘ではありません。ガウンの下には、何もまとっていなかった。三十そこそこの女性の裸体を見たら、おかしな気持ちになるでしょ？」

「まあね」

「わたしは必死に自制しました。と、会長の愛人は急にひざまずいてスラックスのファスナーを引き下げたんです」

「にわかには信じられない話だな」

「でしょうね。でも、事実なんです。会長には五人も愛人がいるんで、その彼女の家には月に二回しか来ないんですって。それで、だいぶ欲求不満だったんでしょう」

「どっちが誘ったかはともかく、有馬さんは郷原会長の愛人とセックスしてしまったんでしょ？」

「どんな男も、ああいうシチュエーションなら……」

「性的欲望には勝てないでしょうね。それはそうと、そのことはなぜ会長にバレたんです？」

「わたしを誘惑した彼女が自分からパトロンに喋っちゃったんですよ。自分のほかに四人も愛人がいることを不満に思ってたんで、会長とは別れる気になってたんでしょう。彼女は、腹いせにわたしを誘惑したんですよ」

「そうだったんですかね。それはそれとして、有馬さんは会長に何か仕返しをする気だったんではありませんか？」

「郷原を殴り殺してやりたいと思いましたよ。しかし、来年、八十になる老人です。エネルギッシュで男性機能も衰《おとろ》え切っていなくても、老い先は長くないでしょ？　そう考えると、わざわざ殺さなくてもいいかなと……」

「で、特に仕返しはしてない？」

「ええ」

「有馬さんの知り合いに洋弓銃の名手はいます？」

「そんな知り合いはいません」

有馬が即座に答えた。

「そうですか。実はきのうの朝、郷原会長は自宅の敷地内で毒液の矢で命を狙われたんですよ」

「えっ、そうなんですか⁉」

「あなたは、そのことには無関係のようですね。どうもお邪魔しました」

尾津は踵《きびす》を返した。洋弓銃を操った者を雇ったのは、林葉武彦なのか。林葉に探りを入れる前に、郷原会長の自宅周辺で聞き込みをすべきだろう。

尾津はレンタカーに駆け寄った。

2

邸宅が連《つら》なっている。

目黒区青葉台だ。郷原の自宅は角地だった。広い通りと脇道に面している。

敷地は三百坪前後だろう。庭木が多い。

尾津はプリウスを郷原邸の斜め前の路肩《ろかた》に寄せた。

午後一時を回っていた。車を降り、あたりを見回す。

どの家も防犯カメラを設置していた。『光進エンタープライズ』の会長に洋弓銃の矢を放った犯人が、正面の塀を乗り越えて郷原邸に侵入したとは考えにくい。犯行時は朝だった。

尾津は、郷原邸の脇の道に入った。

ひっそりとして、人っ子ひとり通らない。脇道に面した郷原宅の塀は長い。六十メートル前後はありそうだ。

脇道の反対側には、二軒の豪邸が並んでいる。どちらも防犯カメラを備えていた。

尾津は最初に広い道に接した家を訪ねた。身分を明かし、防犯カメラの録画を観《み》せてもらう。だが、郷原邸の様子をうかがう不審者は映っていなかった。怪しい車も郷原邸の横には駐められていない。

固定された防犯カメラは、郷原宅の石塀の半分ほどしか捉《とら》えていなかった。尾津は隣家に移り、インターフォンを鳴らした。

応対に現われた初老の女性に警視庁の刑事であることを告げ、きのうの早朝からの録画を観せてもらう。

すると、黒いフェイスマスクを被った男が郷原宅に侵入するシーンが鮮明に映っていた。洋弓銃をたすき掛けにして、腰に矢筒《やづつ》を帯びている。

二、三十代だろう。動作はきびきびとしていた。男は庭木の陰にしばらく身を潜めていて、郷原が玄関から出てくるのを待ったのではないか。そして、現われた郷原に毒矢を放った。

しかし、的《まと》を外してしまった。焦《あせ》って二《に》の矢を番《つが》えようとしたとき、ボディーガードの杏奈が姿を見せた。

一矢《いっし》で二人の人間を射ることはできない。犯人は横に移動し、急いで塀の外に出た。そのシーンは録画されていた。脇道の奥に向かって走りだした映像も残されている。

尾津は録画ＤＶＤを借り受け、郷原宅周辺の家々を訪ね歩いた。しかし、犯行時に怪しい人物を見かけた者はいなかった。

尾津は郷原宅の前の通りに戻った。

と、フルフェイスのヘルメットを被った男がプリウスの車内を覗き込んでいた。郷原に洋弓銃の矢を向けた加害者なのか。

尾津は足音を殺しながら、不審者の背後に近づいた。

気配で、相手が振り向く。

「何をしてる？」

「別に何も……」

「他人《ひと》の車の中を覗き込んでおきながら、その言い種《ぐさ》はないだろうが！」

「おれも、プリウスを買いたいと思ってるんだ。だから、車内の広さを目で確かめさせてもらっただけだよ」

「そんなことはディーラーでプリウスに試乗させてもらえば、わかるはずだ。自動二輪の免許を見せてくれ。バイクか、スクーターはどこに置いてある？」

「な、何だよ。あんた、誰なの？」

「警視庁の者だ」

尾津は上着の内ポケットに手を滑り込ませた。指先が警察手帳に触れたとき、怪しい男がサバイバルナイフを取り出した。

刃渡りは十七、八センチだった。片刃は鋸歯《セレーション》になっている。

「銃刀法違反だな」

尾津は身構えた。相手がサバイバルナイフを斜め上段から振り下ろし、すぐに下から掬《すく》い上げた。

切っ先は、尾津から四十センチも離れていた。威嚇だったのだろう。

「刃物を素直に足許に置けば、銃刀法違反には目をつぶってやってもいい」

「とか言って、おれに組みついて手錠を掛ける気なんじゃないのか？」

「疑り深い奴だな。こうすれば、いいんだろう？」

尾津は言いながら、数メートル退《さ》がった。

不審者がサバイバルナイフを投げつける姿勢になった。尾津はとっさに腰を落とした。

そのとき、体のバランスを崩してしまった。

よろけかけると、怪しい男が身を翻《ひるがえ》した。刃物を握ったまま、全速力で走りだした。

尾津は追った。

不審者の逃げ足は速《はや》い。少しずつ引き離されはじめた。焦《あせ》りが募《つの》る。

尾津は駆けながら、腰から振り出し式の特殊警棒を引き抜いた。スイッチ・ボタンを押す。

尾津は、伸び切った特殊警棒を投げつけた。逃げる男の脚《あし》を狙ったのだが、手許が狂ってしまった。特殊警棒は男の腰に当たり、路面で撥《は》ねた。

男が裏通りに走り入った。尾津は懸命に追った。不審者はサバイバルナイフを革鞘《かわざや》に戻し、さらに走る速度を上げた。

その先には、黒っぽい大型スクーターが見える。男がスクーターに跨《また》がった。セルモーターが唸りだす。

尾津は疾駆した。前髪が逆立《さかだ》つ。

大型スクーターが走りだした。みるみる遠ざかっていく。ナンバープレートには、黒い布袋が被せてあった。数字は見えない。

「くそったれ！」

尾津は悪態をついて、足を止めた。息が上がりかけていた。

やがて、大型スクーターが視界から消えた。借りた録画に映っている男と逃げた不審者は体型が似ていた。

だが、目許が少し異《こと》なる気がする。別人なのだろうか。あるいは、どちらかが目許の印象を化粧品で変えているのか。

尾津は体を反転させ、裏通りを逆にたどりはじめた。

特殊警棒を拾い上げ、広い道に戻る。尾津はレンタカーに戻り、あたり一帯を巡ってみた。逃げた男がまだ近くに潜んでいるような気がしたのだが、どこにも見当たらなかった。

尾津は公園の脇にレンタカーを停め、杏奈のスマートフォンを鳴らした。ツーコールで、通話可能状態になった。

「いま、クライアントを護衛中なのかな?」

「ううん、秘書室で待機中よ。何か収穫があったのね?」

「そうなんだ」

「電話を切らずに少し待っててくれる? いま、廊下に出るから」

杏奈の声が途切れた。尾津はモバイルフォンを握り直した。

「ごめんなさい。もう大丈夫よ。近くには誰もいないから。詳しい話を聞かせて」

杏奈が促《うなが》した。尾津は経過を伝えた。

「録画を提供してくれたお宅には、わたしも行ったのよ。でも、犯行時には郷原会長宅に不審者が忍び込んだシーンなんか映ってなかったと言ってたの。わたしがもう民間人なんで、面倒なことには巻き込まれたくなかったのかしらね？」

「そうなのかもしれないな。こっちが身分を明かしたんで、仕方なく録画ＤＶＤを提供する気になったんだろう」

「多分、そうなんでしょうね。その画像を分析してみてほしいの。洋弓銃をたすき掛けにして郷原邸に忍び込んだ奴に犯歴があれば、すぐに身許を割り出せるでしょ？」

「そうだな。明日にでも画像を分析してみるよ」

「明日？　きょうは無理なの？」

「仮病を使って狡休《ずるやす》みしたんだよ。本来の職務の合間にきみの手伝いをするんじゃ、何日もかかっちゃいそうなんでね」

「尾津さん、無理をしてくれたのね？　ありがとうございます」

「水臭いことを言うなよ。彼氏面《づら》する気はないが、おれたちはもう他人じゃないんだ」

「そうだけど……」

「惚れた女性《ひと》に何かしてやれることが男の喜びだし、張りにもなるんだよ。ちょっと小っ恥《ぱ》ずかしい台詞だったな」

「そんなふうに優しくされると、わたしもあなたに……」

「きみには好かれたいと思ってるが、別に恩義を感じることはないよ。こっちは渋々、手を貸したわけじゃないんだから。もちろん点数稼いで、きみを抱きたいって下心はあったがね。点数採《と》る前にそっちが誘ってくれたんで、むしろ感謝してるんだ。二人のつき合いが長くつづくことを祈ってるよ」

「本当に惚れっぽい性質《たち》なのね。前にも言ったけど、わたしのことをよく知ってるわけじゃないのに」

「無防備すぎる？」

「ええ、そうね。でも、本気で誰かを好きになったら、打算や思惑《おもわく》なんかに引きずられることなく……」

「突っ走っちゃうものだよな、恋愛って」

「そうでしょうね。なんだか話が脱線しかけてるけど、あなたが借りたプリウスを覗き込んでたというヘルメットの男が郷原会長に毒矢を放った奴とは考えられない？」

杏奈が言った。

「録画を観て、体型は似てると感じたよ。だけど、目のあたりの印象が違ってたな」

「男の人はよくわからないでしょうけど、目のメイクでだいぶ印象は変えられるの。アイシャドウやアイラインの使い方一つでね」

「そう」

「もしかしたら、大型スクーターで逃げた男が洋弓銃を背負って依頼人宅に侵入したのかも……」

「その可能性はゼロじゃないかもしれないな。同一犯かどうかわからないが、おれは犯行時刻が朝であることが不可解なんだよ」

「確かに変ね。洋弓銃の矢にクラーレを塗って郷原会長を毒殺する気だったら、夜間にわたしの依頼人宅に忍び込みそうだものね。そのほうが怪しまれないはずよ」

「そうなんだよな。なぜ、犯行のバレにくい夜間に犯人は郷原邸に忍び込まなかったのか。それが疑問なんだ」

「夜なら、犯行が発覚しにくいわよね。だけど、標的を見定めにくいわ。暗かったら、別人に毒矢を放ってしまうかもしれないじゃない？」

「庭の隅なら、きみが言った通りだと思うよ。しかし、でっかい郷原の自宅には門灯やポーチ灯だけじゃなく、幾つか庭園灯もあるはずだ」

「庭園灯は五つか六つあったわ」

「それなら、標的の顔は確認できるな。それなのに、どうして魔手は早朝に『光進エンタープライズ』の総帥を毒矢で射抜こうとしたのか。それが謎だな」

「言われてみると、そうね。尾津さん、犯人に視覚障害があるとは考えられないかしら? 昼間はちゃんと見えるんだけど、暗くなると極端に視力が低下するという目の病気があるでしょ?」

「そういう視覚障害者もいるね。果たして、そうなんだろうか。おれは、そうじゃない気がしてるんだ」

「そう思う理由《わけ》は?」

「郷原会長の毒殺にしくじった奴は、一昨年《おととし》の七月五日の夜に牧慎也を大崎二丁目の通りで猛毒クラーレを塗った婦人用の雨傘の先で腿を突き刺して殺した犯人と同一と疑える。クラーレを用《もち》いた殺人事件はきわめて珍しいだろ?」

「ええ、そうでしょうね」

「牧は夜間に殺害されてる。暗くなると、著《いちじる》しく視力が落ちる者には踏めない犯行《ヤマ》だよな?」

「そうなると、郷原会長に毒矢を向けた犯人は別人ってことになるわね」

「そうなんだよ。そう考えれば、郷原会長に毒矢を放った奴は、牧慎也殺しには絡んでないはずだ」

「ええ、そう判断できるわね。クラーレを使った模倣犯だったのかしら？　手口がそっくり同じではなかった。牧という被害者は雨傘の先で刺されて死んだ。郷原会長は洋弓銃の矢を放たれたわけよね。やはり、同一犯の仕業じゃないようね」

「そう考えるべきだろうな。洋弓銃の男を雇った疑いのありそうな釣巻、細谷、有馬の三人の嫌疑は晴れたと言ってもいいだろう。きみのメモに書かれてた最後の人間は、林葉武彦だ」

「ええ、そうね」

「林葉は警察ＯＢの郷原哲孝から事業資金を提供してもらったと思ってたが、それが事実かどうかは確認できてないんだ」

「その話は事実ではない気がするわ。郷原会長は、昔の部下だった林葉武彦を信頼してないような口ぶりなのよ。林葉は会長を恩人のように他人《ひと》には言ってるみたいだけど、腹黒いとこがあるんじゃないのかな？」

「郷原会長は五人も愛人を囲ってたんで、林葉はそのあたりのことを恐喝材料にして『親和重機』の事業資金をせびったんだろうか」

「そのあたりのことはわからないけど、郷原会長は林葉武彦に対しては、ある種の警戒心を持ってるみたいなの」

「そう。ところで、郷原会長はまた命を狙われるのではないかと怯《おび》えてるのかな？」

「怯えてはないけど、もっと事業を拡大したいと言ってるから、まだ死にたくはないはずよ」

「八十近いのに複数の愛人の面倒を見てるんだから、生に対する執着心は人一倍強いんだろう。もちろん、性に対する執着心もな」

「と思うわ」

「きみも言い寄られたんじゃないのか？」

「まだ一度も口説かれたことはないけど、そのうち言い寄られるかもしれないわね。どんな女性にも言い寄ることが男性の務《つと》めだと公言してる方だから……」

「口説かれたら、にっこり笑って急所を蹴り上げてやれよ。それで、仕事はオリてしまえ。おれが新たな依頼人を必ず見つけてやるからさ」

「妬《や》いてるの？」

「少しな」

「大丈夫よ。わたしは、お金でなびいたりしないから。それより、正午過ぎに少し気になることがあったの」

「何があったんだい？」

「十二時過ぎにわたし、秘書室を出て外に昼食を摂《と》りに出たのね。そのとき、『光進エンタープライズ』の本部ビルの近くに挙動不審な男がいたの。本社ビルの前を行ったり来たりして、時々、十五階の会長室を見上げてたのよ」

「そいつの人相着衣《ニンチャク》は？」

　尾津は訊いた。

「三十歳前後で、上背はあったわね。中肉だけど、肩と胸部は厚かったわ」

「やくざ風だったのか？」

「組員じゃないと思うけど、どことなく崩れた感じだったわね。素っ堅気じゃなさそうだったな。いわゆる半グレなのかもしれない」

「服装は？」

「花柄の長袖シャツの上に、ミリタリー風の黒いジャケットを羽織ってた。下は白っぽいチノパンで、黒いキャップを目深《まぶか》に被ってたわ」

　杏奈が答えた。

「秘書室で待機させられてるんで、ちょくちょく表の様子をうかがいに行くわけにはいかないよな？」

「そうなのよ。その不審者のことが気になって仕方ないんだけどね」

「これから、四谷に向かうよ。おれがそいつの正体を突きとめてやろう」

「そうしてもらえると、助かるわ」

「後で連絡する」

尾津は電話を切り、レンタカーのエンジンを始動させた。

3

不審者は見当たらない。

尾津は『光進エンタープライズ』の周辺を三周してから、プリウスを路肩に寄せた。郷原が束《たば》ねている企業グループの本部ビルは、四谷三丁目交差点の近くにそびえていた。十五階建てで、モダンな造りだ。強化ガラスが多用されている。

尾津はレンタカーを本部ビルの斜め前に駐めた。表玄関、通用口、地下駐車場が見通せる場所だった。

尾津は来る途中でコンビニエンスストアで買った三個のおにぎりを頬張りはじめた。まだ昼食を摂っていなかった。ペットボトル入りの緑茶を飲みながら、おにぎりを平らげる。

食後の一服をしていると、『光進エンタープライズ』の社員通用門から深町杏奈が現われた。きょうは、ライトグレイのスーツに身を包んでいる。スカートを穿《は》いているからか、役員秘書のように映った。

尾津は杏奈を見ながら、レンタカーの助手席を指さした。杏奈がさりげなくプリウスに乗り込んだ。

「そろそろ来てるころかなと思って、外に出てきたの」

「郷原会長のすぐそばにいなくても、大丈夫なのか？」

「いま、役員会議中なのよ。受付のチェックも厳しいから、不審者が社内に潜り込むことはできないと思うわ」

「そうか。『光進エンタープライズ』の周辺を三周してみたんだが、きみが言ってた怪しい男は目に留《と》まらなかったよ」

「そう。でも、そいつの行動は変だったわ。通行人の振りをして、『光進エンタープライズ』の様子を見てたことは間違いないと思う」

「元ＳＰのきみがそう言うんなら、その通りなんだろう。黒いキャップを目深に被ってた不審者は、スーツハンガーを持ってた？　その中に洋弓銃と矢を隠してる可能性もあるからな」

「何も持ってなかったわ。でも、刃物か拳銃を隠し持ってるかもしれないわよね？」

「郷原会長の命を狙ってるとしたら、そうだろうな」

「そのうち、その男が現われそうな気がしてるの。そうしたら、尾津さん、そいつを取っ捕まえてね。そして、雇い主の名を吐かせてほしいのよ」

「もちろん、そうするつもりさ。それはそうと、十分か十五分程度でいいんだが、おれを郷原会長に引き合わせてもらえないか」

尾津は頼んだ。杏奈が困惑顔になる。

「会長は十六の傘下企業の役員たちに細かい指示を与えてるんで、とにかく忙しいのよ。常にスケジュールがタイトだから、アポなしでは誰とも会わないの」

「そうか。きみが口添えしてくれても、無理かな？」

「でしょうね。会長とわたしが親密な間柄なら、少しぐらいは無理も聞いてくれるでしょうけど。会長に会って、何を知りたいの？」

「会長のかつての部下だった林葉武彦は、事業を興すときの資金を郷原さんから借りたと捜査関係者に洩らしてる。それが事実なのかどうか確認したいんだよ」

「クライアントは、わたしに林葉武彦は油断のならない男だという意味合いのことを言ったのよ。事業資金を郷原会長から回してもらった事実はないと思うわ」

「そうなんだろうか」

「推測の域を出ないんだけど、林葉武彦は会長の女性スキャンダルか企業不正を恐喝の材料にして、『親和重機』起業の元手を得たんじゃない？」

「考えられないことではないんだろうが……」

「おそらく、そうだったんでしょう？　郷原会長が経営してるグループ会社はどこも黒字だから、林葉の事業の元手を渡したんじゃないのかな。林葉はそれに味をしめて、その後も会社の運営資金をたびたびせびったのかもしれないわね」

「郷原会長は元部下がたかりつづける気でいると感じて、ある時期から資金の援助をはっきりと拒んだ。そのことを林葉は逆恨みして、洋弓銃の使い手を雇ったんだろうか」

「わたしは、そう睨んでるの。強行犯捜査に携《たずさ》わったことがないんで、筋の読み方が間違ってるかもしれないけどね」

「そうなのかな」

「それから、四年前の強盗殺人で林葉武彦は誤認逮捕してる。被疑者扱いされた牧慎也は林葉のことを本当に赦《ゆる》してたのかしら？　相手が謝罪して依願退職したからって、水に流す気になると思う？　わたしは、牧慎也は人生を台無しにされたことで、林葉に落とし前をつけろと強く迫ったんではないかと推測してるの」

「牧は億単位の詫び料を林葉武彦に要求してたんだろうか」

「もしかしたら、詫び料を要求しただけではなく、牧は自分を『親和重機』の非常勤の重役にしろと言ったのかもしれないわよ」

「そこまで要求されたら、林葉は破滅の予感を覚えそうだな」

「そうでしょうね。それだから、林葉武彦は殺し屋《プロ》に牧慎也を始末させたとも考えられるんじゃない？」

「そうなんだろうか」

尾津は唸った。

「わたしが見かけた怪しい男が現われたら、そいつをとにかく押さえてほしいの。誰かに雇われてたんなら、依頼人の名を聞き出してね」

「わかった」

「そろそろ秘書室に戻らなければ……」

杏奈がプリウスから出て、足早に歩きだした。

尾津は杏奈が『光進エンタープライズ』の本部に吸い込まれてから、元部下の春日の携帯電話をコールした。スリーコールで、電話は繋がった。

「また、春日に頼みたいことがあるんだ」

「どんなことなんです？」

「警察ＯＢの郷原哲孝と林葉武彦のことなんだが……」

「そう。どちらも実業界に転じて成功を収めたＯＢでしたね」

「林葉は退職金と貯えだけで、中古重機販売会社を興したわけじゃないと思うんだよ」

「でしょうね。足りない分は銀行から融資を受けたんでしょう」

「ろくに担保もない人間に銀行が多額の事業資金を貸すわけない。林葉は昔の上司だった『光進エンタープライズ』の郷原会長から事業の元手を無担保・無利子で借りたと言ってるようなんだが、それが事実かどうか確かめるのに手間取ってるんだよ」

「そうですか。自分が警察学校で世話になった教官は、確か郷原大先輩の部下だった時期があるはずです。その教官に協力してもらって、すぐに調べてみます」

「恩に着るよ」

「何を言ってるんですか。そんなふうに言わないでくださいよ。何かわかったら、連絡します」

　春日が通話を切り上げた。

　尾津は携帯電話を上着の内ポケットに戻すと、煙草に火を点けた。

　虚《むな》しく時間が流れ、陽《ひ》が大きく西に傾いた。

花柄のシャツに黒っぽいジャケットを羽織った男が『光進エンタープライズ』の前に立ち止まったのは、黄昏《たそがれ》が迫ったころだった。黒いキャップを被り、白っぽいチノクロスパンツを穿《は》いている。杏奈が言っていた不審者だろう。

尾津はごく自然にプリウスの運転席から出た。

ちょうどそのとき、十五階のあたりを見上げていた怪しい男が四谷三丁目交差点方向に歩きだした。尾津は、男を尾行しはじめた。

男は交差点の手前で脇道に折れた。数十メートル先で立ち止まり、スマートフォンを耳に当てる。

尾津は物陰から、男の様子をうかがった。男は誰かに電話をした。遣《や》り取《と》りは耳に届かない。雇い主に何か報告しているのか。

通話は短かった。男はすぐにはスマートフォンを懐に戻さなかった。どうやら発信記録を削除しているようだ。怪しく思える。

男がスマートフォンをジャケットのポケットに突っ込み、ふたたび歩きはじめた。

尾津は脇道に入り、大股で進んだ。不審者を追い抜いて、相手の前に立ちはだかる。

「な、何⁉」

キャップの男が素《す》っ頓狂《とんきょう》な声を発した。まともな勤め人や自営業者ではなさそうだ。

ブレスレットを右手首に嵌《は》めている。

「ちょっと職務質問させてくれないか」

「刑事《デカ》なのかよ。そんなふうには見えないぜ」

「偽警官じゃない」

　尾津は警察手帳を短く見せた。

「おれ、別に悪さなんかしてねえよ」

「そうかな。そっちは正午過ぎに『光進エンタープライズ』本社の前を行ったり来たりしてた。それから、夕方になって同じ行動を繰り返した。十五階のあたりを見上げてたな。そのフロアには、会長室がある」

「洒落《しゃれ》たビルなんで、何度か見上げてただけだよ」

「そうか。身分のわかる物をちょっと見せてくれ。運転免許証でいい」

「免許は持ってるけど、いまは携帯してないよ。以前、免許証を落としたことがあるんでさ」

「それじゃ、氏名、生年月日、住所を教えてくれないか」

「教えたくないな。職質に答えなきゃならないって法律はないはずだ。どいてくれよ」

「そうはいかない。おれたちは挙動不審な人物がいたら、職務質問《バン》かけろと警察学校で習ったんだよ」

「知るか、そんなこと！　ここは公道だ。誰が歩いたって、文句はねえはずだぜ。どきやがれ！」

男が息巻き、尾津を平手で軽く押した。尾津は故意に体をふらつかせた。

「公務執行妨害だな。現行犯で逮捕する。両手を前に出せ！」

「ふざけるんじゃねえ」

男が右フックを繰り出した。

尾津は相手の利き腕を掴んで、肩の近くまで捩《ねじ》上げた。男が顔を歪ませる。だいぶ痛いはずだ。

「お巡りがこんなことをやってもいいのかよっ」

「れっきとした正当防衛だ。おまえのパンチを受けてたら、おれは顔面に打撲傷を負ってただろうからな」

「痛《いて》えよ。とにかく、手を放せって」

「そうはいかないな」

尾津は、さらに男の関節を痛めつけた。

「早く力を緩めねえと、おたくを懲戒免職にさせちまうぞ。おれは、警察ＯＢをよく知ってるんだ」

「そのOBって、誰なんだい？」

「四年ぐらい前まで大崎署で刑事課長をやってた林葉さんだよ。いまは『親和重機』って会社の社長をやってる」

「林葉武彦とは、どういう関係なんだ？」

「おれ、『親和重機』の近くのガソリンスタンドで一年ぐらいバイトをやってたことがあるんだよ。そのとき、林葉さんのベンツをよく洗車してやってたんだ」

「名前は？」

「言う、言うよ。中村翔《なかむらしよう》ってんだ。いまは半端仕事をこなして喰ってる」

「半グレか？」

「そんなようなもんだな」

「偽名っぽいが、ま、いいさ」

「本名だよ。家《ヤサ》は三軒茶屋《さんげんぢやや》にある。ワンルームマンションだけどな。来月で、満三十歳になる。身許をちゃんと明かしたんだから、もう手を放してくれよ。肩の関節が外れちまうじゃねえか」

「もうしばらく我慢しろ。林葉に何を頼まれた？」

「何も頼まれちゃいねえよ」

「肩の関節を外すぞ」

「や、やめろ！　『光進エンタープライズ』の郷原会長がオフィスから出たら、尾行して行き先を突きとめてくれって頼まれたんだ」

自称中村が口を割った。

「なぜ林葉は、そんなことをそっちに頼んだんだ？」

「よくわからないけど、林葉さんは昔の上司の郷原に何かで恨みを持ってるようだな。それでさ、ネットの闇サイトで見つけた洋弓銃の名手に郷原を射抜かせようとしたんだけど、そいつは失敗踏《ドジ》んだらしいんだ。二年数カ月前には、標的をうまく始末させたという話だったけどな。そのときは、婦人用の雨傘の先にクラーレとかいう毒液を塗って悪徳探偵の腿を突き刺して死なせたみたいだよ。でも、その殺し屋は郷原を殺《や》り損なったんで、別の人間を探してあるとか言ってたな」

「おまえの話が本当かどうか、これから一緒に北品川にある『親和重機』に行ってもらうぞ」

「えっ、それは危《ヤバ》いよ。そんなことをしたら、おれ、一日八万円のバイト代を貰えなくなっちまう。それどころか、林葉さんの雇った新しい始末屋に殺《や》られるかもしれねえ。だから、おれのことは林葉さんには黙っててくれねえか。頼むからさ」

「近くに車を駐めてあるんだ。そこまで歩いてもらう」

「最悪だぜ。わかったよ。おたくの言う通りにすらあ。でも、少し待ってほしいんだ。さっきから、ずっと小便を堪《こら》えてるんだ。もう限界だよ。歩いてるうちに、漏《も》らしちまいそうなんだ。そのへんで、先に立ち小便させてくれねえか」

「締まらない野郎だな」

尾津は中村の手を放し、尾骶骨《びていこつ》を膝頭で蹴り上げた。

中村が股間を押さえて、道端に寄った。尾津は七、八メートル、中村から離れた。

そのとき、中村が急に走りだした。尾津は騙されたことを覚《さと》り、すぐさま中村を追いかけた。

中村は裏通りから路地を駆け抜け、月極駐車場に逃げ込んだ。塀を乗り越えて真裏の民家の庭に飛び降り、向こう側の通りに出る気らしい。

尾津は先回りすることにした。迂回《うかい》して、反対側の脇道に回り込む。しかし、中村と名乗った男はいっこうに民家の敷地から出てこない。

裏をかかれたのか。

尾津は、月極駐車場のある通りに駆け戻った。悪い予感は的中した。通りのはるか先を中村が走っている。

四十メートル以上は離れていそうだ。全速力で駆けても、とうてい追いつかないだろう。

尾津は追跡を断念した。

中村が喋った通りなら、林葉武彦がプロの犯罪者に牧慎也を殺害させ、かつての上司の郷原哲孝を葬らせようとしたことになる。

だが、その話を鵜呑《うの》みにする気はなかった。尾津に利き腕の関節を外されそうになった中村は激痛に耐られなくなったのかもしれないが、雇い主の名を簡単に白状しすぎな気がする。

牧を亡き者にさせた首謀者が中村を使って、林葉に罪をなすりつけようとしているのではないか。そう疑えるほど中村の供述は、どこか不自然だった。

そうだったとしたら、いったい牧殺害事件の主犯は何者なのか。その黒幕の顔が未《いま》だ透けてこない。

中村のことを杏奈に電話で伝え、『親和重機』に回ってみる気になった。尾津は、レンタカーを駐めた大通りに引き返しはじめた。

4

北品川に入った。

近くに『親和重機』の社屋があるはずだ。尾津は運転しながら、左右に目をやりはじめた。レンタカーにはナビゲーションが付いていなかった。

プリウスを走らせていると、上着の内ポケットで携帯電話が着信音を発した。尾津は車をガードレールに寄せ、懐からモバイルフォンを摑み出した。

ディスプレイを見る。電話をかけてきたのは元部下の春日だった。

「報告が遅くなりました。教官から得た情報によりますと、林葉武彦はちょくちょく郷原大先輩の囲碁の相手をしてるそうですよ。郷原邸には月に二、三度は訪れてるという話でした」

「二人は敵対関係にはないわけだな」

「ええ。郷原大先輩は林葉さんが事業を興すときに資金を無担保・無利子で貸与すると言ったらしいんですよ」

「林葉は初動捜査の聞き込みの際《さい》、郷原から事業資金を回してもらったと言ったようなんだが……」

「いいえ、郷原大先輩からは開業資金は借りてないはずだと教官は言ってました」

「借りてないって？」

「はい、まったく」

「それが事実なら、林葉は捜査関係者に嘘をついたことになるな。林葉が郷原の弱みにつけ込んで、事業の元手を脅し取った疑いもあると考えてたんだが……」

「それはないでしょう。教官の話によると、郷原大先輩は林葉さんの事業がうまく軌道《きどう》に乗らなかったら、グループ会社の役員として迎えてやると言ってたそうなんですよ。そこまで親身になって相談に乗ってくれてた元上司を林葉さんは強請《ゆす》ったりしないでしょう？」

「そうだろうな。いったい林葉は事業資金をどうやって調達したんだろうか」

「教官は、林葉さんから知り合いの資産家が起業に協力してくれたという話を聞いたことがあると言ってました。ですが、その資産家の名までは教えてくれませんでした」

「そうか。ひょっとしたら、林葉はやくざマネーを事業の元手にしたのかもしれないな。広域暴力団は下部団体《エダ》から吸い上げた上納金を企業舎弟に回して何十倍にも膨らませてるから、汚れた金はだぶついてる。大崎署で刑事課長をやってた林葉がその気になれば、企業舎弟から事業資金を引っ張ってくることは可能だろう」

尾津は言った。

「ええ、そうでしょうね。だから、林葉さんは事業の元手のことで本当のことを言えなかったんじゃないんですか？　やくざマネーで起業したってことが世間に知れたら、企業イメージが悪くなりますから」

「そうだな」

「林葉さんと郷原大先輩が対立関係にないことは間違いないと思います。教官はいい加減なことを言う方じゃありませんので」

「目をかけてくれた教官が春日に嘘をつかなければならない理由もないいな」

「そうなんですよ。そういうことでしたんで……」

春日が電話を切った。尾津は折り畳んだ携帯電話を上着の内ポケットに戻し、考え込んだ。

深町杏奈から聞いた話とは、だいぶ違う。杏奈は、郷原が元部下の林葉を信頼していないようだと教えてくれた。警戒心さえ懐《いだ》いている様子がうかがえるとも言ってた。

それが事実なら、林葉は郷原の弱みにつけ込んで事業の元手をせしめたと疑える。そうした関係にある二人がちょくちょく囲碁を打てるものだろうか。

杏奈は何か企《たくら》んでいて、自分にミスリードめいた情報を流したのか。そんな意図《いと》があったとは思いたくない。

尾津は、心を奪われた相手を疑った自分を窘《たしな》めた。相互信頼がなければ、愛情は生まれない。

そう思ったものの、春日からもたらされた情報を聞き流すわけにはいかなかった。警察学校の教官は、郷原や林葉とはなんの利害関係もなさそうだ。

そういう人間がどちらか一方を庇《かば》ったり、何かを糊塗《こと》しなければならない理由もないだろう。教官は、客観的な事実を春日に語ったと思われる。

尾津はプリウスを走らせはじめた。

数百メートル進むと、『親和重機』が左手にあった。社屋の横には、ショベルカーやクレーン車が所狭しと並んでいる。

尾津は左のウインカーを瞬《またた》かせた。

その直後、『親和重機』の出入口から見覚えのある男が現われた。洋弓銃《ボウガン》をたすき掛けにして郷原邸に忍び込んだ人物だった。目許でわかった。尾津は車を停めた。

男は三、四十メートル歩き、路上に駐めた大型スクーターに跨がった。尾津はプリウスを徐行運転させはじめた。

スクーターのナンバープレートは大きく折り曲げられ、末尾の0《ゼロ》しか読み取れない。スクーターが速度を上げた。

尾津は一定の距離を保《たも》ちながら、スクーターを追走しはじめた。

『光進エンタープライズ』の郷原会長に毒矢を放ったと思われる男は、間違いなく『親和重機』から出てきた。ということは、雇い主は林葉武彦と考えてもいいのではないか。

杏奈を疑いかけたことを尾津は恥じた。彼女の証言に偽りはなかったのだろう。

大型スクーターは第一京浜国道を大森《おおもり》方面に走り、京浜急行平和島《へいわじま》駅の際《きわ》にある大森東交差点を左折した。尾津もプリウスを左折させた。

スクーターは数百メートル進み、平和島公園の横に停められた。男がスクーターを離れ、暗い公園の中に入っていった。

罠の気配を感じたが、尾津は怯《ひる》まなかった。

レンタカーを路上に駐め、公園の中に足を踏み入れた。目を凝らす。

スクーターに乗っていた男は、遊歩道の先の広場に立っていた。足許に洋弓銃と数本の矢を植え込みの中にでも隠してあるのか。

尾津は拳銃を持っていなかった。

腰から特殊警棒を引き抜き、不審者に一歩ずつ近づいた。すると、男が何か投げつけてきた。

尾津は特殊警棒のスイッチ・ボタンを押し、飛んできた物を払った。金属と金属がぶつかり合って、小さな火花を散らした。尾津のかたわらに落ちたのは、星の形をした手裏剣《しゅりけん》だった。手製の武器だろう。

「きょうは洋弓銃《ボウガン》を使わないのかっ」

尾津は大声で言った。

「警察はどこまで知ってるんだ？」

「おれの身分を知ってたか。おまえが郷原邸に忍び込んで、ボウガンに番《つが》えた毒矢を放ったんだな？」

「ああ、そうだよ。しかし、一の矢は外してしまった。二の矢を番えようとしたとき、元SPの女がおれに気づいた。で、癪《しゃく》だが、ずらかったんだよ。近々、郷原は必ず仕留《しと》める。依頼人は二千万の成功報酬をくれることになってるからな。もう着手金の五百万円は貰ってるんだ」

「おまえに郷原を始末してくれと依頼したのは、林葉武彦なんじゃないのか」

「やっぱり、そこまで調べ上げてたか。依頼人は迷宮捜査班分室が二年数カ月前の牧殺しの件を嗅ぎ回りはじめてると不安がってたよ」

「牧慎也を毒殺したのは、おまえなのか？」

「ああ、そうだ。そのときの成功報酬は千三百万円と安かったがな。しかし、手間はかからなかった。先っぽにクラーレを塗りつけた婦人用の傘で牧の腿の裏側を刺したら、あっさりくたばったからな。林葉さんは昔の誤認逮捕の件で牧に三億円の詫び料を払えと脅迫されてたんだよ」

「本当なのか⁉」

「牧は強盗殺人事件の容疑者として逮捕されたことによって、前途を閉ざされてしまった。だから、三億の詫び料を要求したんだろうな。林葉さんはそれなりに責任を感じてたんで、最初は三億を牧に払う気だったみたいだよ。でも、その後もきりなく無心されるかもしれないと考えて……」

「おまえに牧を殺《や》らせたわけか」

「そういうことだ。おれは陸自《りくじ》のレンジャー部隊にいたんだが、その後はイギリスの傭兵《ようへい》派遣《はけん》会社で働いてたんだ。紛争国にいる英国人の護衛をやってたんだが、反政府勢力の兵士を何人も始末した。殺人《コロシ》をビジネスにしようと思い立って、日本に戻ってきたのさ。本名は黒岩《くろいわ》なんだが、ネットの裏サイトには地獄の使者と書き込んでるよ」

「ここで、おれを殺《や》るつもりなのか？」

「そういう目的で、あんたをこの公園に誘い込んだわけさ。分室の他の三人のメンバーも片づけ、場合によっては二係の大久保係長も殺ることになるな。林葉さんは牧殺しの黒幕として捕まることを恐れてるんだ」

黒岩が言いざま、また特殊な手裏剣を投げつけてきた。尾津は警棒で、星の形をした手裏剣を撥《は》ね返した。

変形手裏剣は五つ飛んできた。尾津はすべて振り払った。

「くそっ」

黒岩が忌々《いまいま》しげに言って、不意に走りだした。

尾津は地を蹴った。

黒岩が遊歩道を突っ走り、植え込みの中に分け入った。尾津も繁みの中に躍《おど》り込んだ。

なんと深町杏奈が太い樹幹にロープで縛《しば》りつけられていた。口許は粘着テープで塞がれている。

「この女の喉を搔《か》っ切られたくなかったら、警棒を捨てろ！　拳銃は？」

黒岩がコマンドナイフを杏奈の首筋に当てた。尾津は特殊警棒を足許に落とした。

「シグ・ザウエルP230を隠し持ってるんじゃないのかっ。そいつも下に置け！」

「拳銃は持ってない。信用できないって言うなら、自分で検《しら》べてみろ」

「わかった。両手を高く掲《かか》げろ！」

黒岩が命じた。尾津は言われた通りにした。

「くたばれ！」

黒岩がコマンドナイフを逆手《さかて》に持ち替え、勢いよく突進する恰好《かっこう》になった。尾津は、いつでも横に跳《と》べる姿勢をとった。

黒岩が樫《かし》の巨木の前に出た。次の瞬間、杏奈が黒岩の左の膕《ひかがみ》を蹴った。膝頭の真裏だ。

黒岩ががくりと左脚を折った。すかさず尾津は、黒岩の腹を蹴り上げた。黒岩が呻いて、前屈みになる。隙だらけだ。尾津は、黒岩の肩に肘打《ひじう》ちをくれた。黒岩が唸《うな》りながら、片膝を地べたに落とす。

尾津は黒岩の後ろ襟《えり》を摑もうと手を伸ばした。と、黒岩がコマンドナイフを水平に薙《な》いだ。刃風が高い。

尾津は本能的に跳《と》びのいた。

黒岩が敏捷に起き上がり、植え込みの奥に向かった。

「少し待っててくれ」

尾津は杏奈に言いおき、黒岩を追った。黒岩が樹木の間を縫《ぬ》って、外周路に逃れた。そこには、大型スクーターが待ち受けていた。ハンドルバーを握っていたのは、自称中村だった。

黒岩が素早く相乗りする。スクーターが急発進し、じきに闇に紛《まぎ》れた。もう追いつけない。

尾津は、杏奈のいる場所に駆け戻った。まず粘着テープをゆっくりと剝《は》がす。

「ありがとう」

杏奈が肩で息をしながら、礼を言った。

「いつ黒岩って奴に拉致されたんだ?」

「夕食を食べに『光進エンタープライズ』を出て間もなく、逃げた男にコマンドナイフを脇腹に突きつけられて、ワンボックスカーに乗せられたの」

「その車を運転してた奴は、中村と呼ばれてなかったかい?」

「ええ、そう呼ばれてたわ。郷原会長に毒矢を放ったのは、逃げていった男よ。フェイスキャップを被ってたけど、あの目だったわ。やっぱり、林葉に頼まれて郷原会長を毒殺しようとしたのね」

「そうみたいだな」

尾津はロープをほどき終えた。杏奈が両手首をさすった。

「レンタカーを使って調べ回ってるんだ。きみを車で四谷の『光進エンタープライズ』まで送っていこう」

「わたしはタクシーで四谷に戻るから、尾津さんは林葉を追いつめて」

「しかし、また黒岩に捕まるかもしれない。先にきみを『光進エンタープライズ』に届けるよ」

「もう取っ捕まったりしないわ。心配ないわよ」

「タクシー代は持ってるのかな？」

「ミニ札入れに五、六万入ってるから、大丈夫よ。あなたに借りを作ってしまったわね。何らかの形で恩返しをさせてもらうわ」

「気をつけて戻れよ」

尾津は公園の外まで杏奈に付き添った。例の二人組はどこにもいなかった。

杏奈が軽く手を振って、第一京浜に向かって歩きだした。尾津は杏奈の後ろ姿が見えなくなってから、レンタカーに乗り込んだ。

公園の周辺を巡ってみる。しかし、大型スクーターは目に留《と》まらなかった。杏奈が拉致されたと思われるワンボックスカーも見当たらない。

尾津はプリウスを第一京浜に乗り入れ、北品川に戻った。『親和重機』の出入口のそばにレンタカーを停めたとき、なんと白戸が会社の敷地内から出てきた。ひとりだった。

「まずい！」

尾津は顔を伏せた。だが、一瞬遅かった。白戸と目が合ってしまった。巨漢刑事が驚いたような顔でレンタカーに駆け寄ってくる。

尾津は観念して、助手席のロックを解除した。白戸がドアを開け、助手席に坐る。

「仮病を使って、抜け駆けしようと思ってたの？　だとしたら、がっかりだな。おれ、尾津さんはそんな男じゃないと思ってたからさ」

「そうじゃないんだ。実はな……」

尾津は、元SPの深町杏奈と知り合った経緯《いきさつ》から話しはじめた。そして、杏奈に頼まれたことも打ち明けた。

「伝説の美人SPだった女性《ひと》と特別な関係になってたのか。さすが女たらしだね。でもさ、深町杏奈の読み筋は外れてると思うよ。少なくとも、牧慎也の事件《ヤマ》には林葉武彦は関与してないね」

「なんで断定できるんだ？」

「おれ、室長の指示で牧の妹に会いに行ったんだよ。兄貴は自分を強盗殺人事件の犯人として誤認逮捕した林葉を赦《ゆる》した振りをしてたが、本心では憎んでたんだってさ。当然といえば、当然だよね？」

「そうだな」

「それで牧は妻には内緒で別の刑事に誤認逮捕されたことのある寺下忠信《てらしたただのぶ》って男を見つけ出して、交換殺人を持ちかけたらしいんだ。寺下に林葉を殺してくれたら、牧は会ったこともない刑事を片づけてやると言ったそうなんだよ」

「牧は交換殺人計画を妹の美玲に話したのか⁉」

「そうなんだってさ。でも、妹に猛反対されたし、寺下って奴にもきっぱりと断られたみたいなんだ」

「それで？」

「結局、牧は交換殺人計画は断念したらしいんだ。だけど、林葉に対する恨みや憎しみが消えたわけじゃない」

「そうだろうな」

「そこで、牧は林葉の不正を暴《あば》くことで復讐を果たすことにしたみたいなんだ。妹の話によると、兄貴は林葉が何か危《ヤバ》い手段で事業の元手を工面したにちがいないと確信ありげに言ってたらしいんだ。さらに牧は四年ほど前の強盗殺人事件が未解決だということが引っかかると妹に洩らしてたんだってさ」

「白戸、林葉は強盗殺人事件の真犯人《ホンボシ》と裏取引をしたのかもしれないぞ。高額な謝礼を貰う代わりに、当時、大崎署の刑事課長だった林葉は署長を説得して、牧の身柄をまず別件で押さえ、取り調べ中に本件で再逮捕した。林葉は本当に牧を疑ってたわけじゃなくて、捜査を混乱させて真犯人を逃がしたかったんだろうな。そのためには、時間稼ぎをしなければならなかった。そんなことで、パチンコ屋の常連客だった牧を〝犯人〟に仕立てたんだろう」

「実はさ、おれもそう推測してみたんだよね。だから、能塚さんの許可なしで林葉武彦を少し前に揺さぶってみたんだ。牧が、血縁者のひとりに林葉が不正な方法で事業資金を出させた証拠を預けてあるというはったり《ブラフ》をかませてね」

「林葉の反応はどうだった？」

「一瞬、うろたえたよ。でも、すぐポーカーフェイスで起業の軍資金はある資産家に用立ててもらったと言ったな。ただ、そのスポンサーの名は教えてくれなかったけどね。林葉は元上司の郷原が元手を回してくれると言ってたが、それに甘えることはしなかったと繰り返した。おれが疑わしそうな顔してると、林葉はその場で郷原に電話をかけて、受話器をおれに差し出した」

白戸が言った。

「おまえは直接、郷原に確かめたんだな？」

「うん、そう。郷原は、林葉が言った通りだと言い切ったよ。二人が事前に示し合わせていた気配はうかがえなかったね」

「そうか。林葉に事業資金を提供したのは、未解決の強盗殺人事件の真犯人の血縁者なのかもしれないな。財力のある人間がパチンコ景品所にあった現金千二百万円を奪った上、女性従業員を殺して逃走するとは考えにくい。おそらく加害者は資産家の息子、甥《おい》、孫のいずれかなんだろう」

「それ、ビンゴだと思うよ。警察に顔の利く有力者が裏から手を回して、真犯人隠しに動いたんじゃない？」

「ああ、多分な。その有力者は林葉だけに裏取引を持ちかけたんだろうか。大崎署の以前の署長や警察庁のキャリアを抱き込んだのかもしれないぞ。いや、そこまで警察社会は腐敗してるとは思いたくないね」

「おれも、同じ気持ちですよ。刑事課長ひとりだけでも、その気になれば、捜査本部の連中を迷走させることはできると思うな。事件調書から真犯人《ホンボシ》に不利な証言を削除することは、そんなに難しくないでしょ？」

「そうだな」

「尾津さんの気分を害することになるかもしれないけどさ、深町杏奈は牧殺しに林葉武彦が絡んでるような口ぶりだったんでしょ？　さらに林葉が黒岩とかいう殺し屋に郷原まで殺させようとしたと疑ってるようなんですよね？」

「彼女はそう推測してたよ」

「別に元美人SPが真犯人隠しに一役買ってたとまでは言わないけど、尾津さんをミスリードしてるようにも思えるんだよね。洋弓銃の使い手の黒岩が傭兵崩れだとしても、やすやすと拉致されるかな。SPをやってたんだから、武道には長《た》けてるでしょ？　格闘術を心得てるし、射撃術は上級のはずだよね？」

「そうだな」

「そういう女性《ひと》がコマンドナイフで威嚇されてたからって、たやすく拉致されたという話はなんか不自然ですよ。尾津さん、そうは思わない？」

「言われてみれば、彼女の言動には何か作為《さくい》を感じてた」

「黒岩と中村と称してる男たちは林葉に雇われたんではなく……」

「杏奈があの二人と組んで、拉致騒ぎを仕組んだと疑ってるんだな？」

「そう疑いたくなるでしょ？　女とはいえ、元SPだったんですよ」

「そうなんだが、黒岩は元傭兵だったんだ。杏奈には手強い相手だろうが！」

　思わず尾津は語気を荒らげてしまった。

「惚れた女性《ひと》を庇いたい気持ちは、よくわかりますよ。でも、いつもの尾津さんらしくないな。捜査のときは常に冷静な判断をしてきたのに、今回は私情に流されかけてるように見えるんだよね」

「普段通りだよ、おれは」

「いや、違いますね。仮病を使って欠勤したことは、能塚さんや勝又主任には言いません。もちろん、深町杏奈のことも喋らない」

「白戸……」

「尾津さん、冷静になって経過を振り返ってよ。スカイライン、少し離れた所に駐めてあるんだ。明日、分室で会いましょう」

　白戸がプリウスを降り、蟹股《がにまた》で遠ざかっていった。

　自分は杏奈にうまく利用されたのか。そうは思いたくないが、疑わしい点もあった。

　尾津は暗い気持ちで、イグニッションキーを抓《つま》んだ。

5

幻聴だったのか。

尾津はマグカップをコーヒーテーブルの上に置き、テレビの遠隔操作器《リモート・コントローラー》を摑み上げた。音量を高める。

自宅マンションの居間だ。仮病を使って欠勤した翌朝である。八時を過ぎて間もない。

画面には、閑静な住宅街が映し出されている。尾津は耳をそばだてた。

「今朝未明、自宅周辺をジョギング中の男性が何者かに吹き矢《ブロウガン》の矢を首に当てられ、路上で亡くなりました。亡くなったのは世田谷区玉川台《たまがわだい》三丁目の会社経営の林葉武彦さん、五十八歳です。矢には何か毒液が塗られていたようです。詳しいことは、まだわかっていません」

男性アナウンサーが伝えた。

画面が変わり、林葉の顔写真がアップで映し出された。アナウンサーが林葉の経歴に触《ふ》れはじめた。尾津はボリュームを絞った。

林葉が殺害されたのは、尾津たちが『親和重機』の事業資金について調べはじめたせいだろう。およそ四年前に発生した強盗殺人事件の真犯人の親族が殺し屋に林葉を葬らせたと思われる。むろん、実行犯は傭兵崩れの黒岩ではないだろう。

　吹き矢の矢の先には、猛毒のクラーレが塗ってあったのではないか。林葉は、ほぼ即死だったのだろう。

　インターネットの普及で、麻薬、銃器、毒物などの入手が可能になった。闇サイトを通じてクラーレを手に入れることはさほど難しくないだろう。

　至近距離から狙えば、吹き矢の矢を的《まと》に命中させることはたやすいのではないか。一昨年の七月五日、牧慎也はクラーレを塗った婦人用雨傘の先で太腿を刺されて絶命した。林葉を殺害した者が牧を毒殺したと考えられる。犯行動機は口封じだろう。

　二人の被害者には因縁がある。四年ほど前に発生した五反田の強盗殺人事件で、牧は林葉の主導によって誤認逮捕されてしまった。林葉は自分の早合点を猛省し、牧に謝罪して依願退職した。その後は事業家に転身した。

　ラーメン屋やカレーショップの経営に乗り出したわけではない。中古重機販売会社を興すには、億単位の資金が必要なはずだ。林葉の退職金と貯えだけでは、とうてい足りない。にもかかわらず、銀行から融資を受けた様子はなかった。

　林葉本人は、ある資産家が開業資金を回してくれたと捜査関係者に語った。しかし、その相手の名は明かさなかった。どうも作り話臭い。

牧は、林葉が強盗殺人事件の真犯人を捜査圏外に逃がしたと推測し、独自に事件の真相に迫ったのだろう。そして、ついに強盗殺人事件の犯人を突きとめた。

その真犯人は、有力者の身内だった。牧は強盗殺人犯の親族が林葉を抱き込んで事件捜査をうやむやにさせた謝礼として、事業資金を提供した証拠を摑んだのではないか。

そのことで、悪徳探偵は有力者が雇った殺し屋に始末されてしまったのだろう。強盗殺人犯の親族は林葉との裏取引が発覚することを恐れ、同じ殺し屋に不都合な人間を片づけさせたのではないだろうか。

尾津はテレビの電源を切り、白戸に電話をかけた。少し待つと、通話可能状態になった。

「白戸、林葉がジョギング中に殺されたぞ」

「知ってますよ。いま、尾津さんに電話しようと思ってたんだ」

「そうだったのか」

「牧を殺《や》った奴が、ブロウガンで林葉を永久に眠らせたんだろうね。矢の先にはクラーレがたっぷり塗られてたにちがいないよ」

白戸が自分の推測をつぶさに喋った。尾津の筋の読み方とほとんど同じだった。

「本家の大久保係長の直属の部下たちと手分けして、四年前の強盗殺人事件に関わった全捜査員に会うべきだな。そうすれば、林葉が不審な行動をとったことに気づいてた者がいるかもしれないじゃないか」

「そうだね。これから登庁するよ」

「おれも分室に顔を出す」

　通話が終わった。

　尾津は身繕《みづくろ》いをして、戸締まりをした。玄関に向かいかけたとき、能塚室長が電話をかけてきた。

「熱は下がったか？」

「おかげさまで、平熱になりました」

「それはよかった。林葉武彦が殺された」

「ええ、そうですね。テレビのニュースで、そのことを知りました。吹き矢の矢先にはクラーレが塗布《とふ》されてたんでしょう」

「そうだと思うよ。牧殺しと今朝《けさ》の事件《ヤマ》は繋がってる気がするんだが、どう思う？」

「リンクしてるでしょうね」

　尾津は自分が推測したことを詳しく話した。

「そういう筋読みなら、ピースが埋まるな。おまえが言ったように、五反田の強盗殺人事件の犯人《タマ》は超大物の血縁者なんだろう。権力と財力を握った成功者に裏取引を持ちかけられたら、林葉はノーとは言えなかったんじゃないのかね？」

「おそらく、そうなんでしょう。牧の誤認逮捕は仕組まれたものだったにちがいありませんよ。それによって、牧は人生を狂わされてしまった。だから、強盗殺人犯を庇《かば》った大物と林葉に落とし前をつけさせようとしたんでしょう。しかし、その前に殺《や》られてしまった。牧は死んでも死にきれないんじゃないかな」

「本家の連中と力を合わせて、林葉に裏取引を持ちかけた有力者を割り出そう。そうすれば、おのずと強盗殺人犯と牧、林葉の二人を始末した殺し屋《プロ》もわかるだろう」

「ええ」

「病《や》み上がりで辛いだろうが、すぐ登庁してくれないか」

能塚が電話を切った。

レンタカーは、まだ返却していない。尾津は部屋を出ると、自宅マンションの裏手に回った。路上に駐めてあったプリウスに乗り込み、深町杏奈のスマートフォンを鳴らす。だが、電源が切られていた。

杏奈に対する疑念が膨らむ。彼女が謎の有力者の依頼で、牧と林葉を殺害したのだろうか。事業欲は旺盛のようだが、金欲しさだけで元SPが殺人を請け負うだろうか。杏奈は、有力者に何か大きな借りがあるのかもしれない。

尾津はレンタカーを走らせ、三田にある杏奈の自宅マンションに向かった。

目的地に着いたのは、二十七、八分後だった。杏奈の部屋は六〇一号室だ。

尾津は集合インターフォンを幾度も鳴らしたが、なんの応答もなかった。レンタカーの中に戻り、『光進エンタープライズ』の代表番号に電話をかける。

尾津は交換手に電話を秘書室に回してもらった。杏奈は体調を崩したとかで、きょうは郷原の護衛はしていないという。

杏奈は捜査の手が迫ったことを察知し、逃亡を図ったのだろうか。尾津はそう疑いながらも、彼女が本当に体調を崩したと思いたかった。

桜田門に急ぐ。

尾津はレンタカーを本部庁舎の地下三階に置き、エレベーターで五階に上がった。第二係迷宮捜査班分室に入ると、室長、勝又、白戸の三人がソファに腰かけて何か話し込んでいた。

「遅くなりました」

「尾津君、大丈夫なの？　職務も気になるだろうけど、体が何よりも大事だよ」

勝又が声をかけてきた。

「平熱になりましたから、もう大丈夫です」

「そう。でも、大事をとったほうがいいんじゃないの？」

「余計なことを言うんじゃない」

能塚が、かたわらの勝又を叱りつけた。勝又が首を竦《すく》める。

尾津は、白戸の横に腰かけた。能塚が尾津に顔を向けてきた。

「大久保ちゃんが所轄の玉川署から初動捜査の情報を集めてくれたんだ。吹き矢の矢の先には、やっぱりクラーレが塗りつけてあったそうだよ」

「そうですか」

「牧を殺《や》った奴が林葉も片づけたと考えてもいいだろう。それからな、近所の主婦が犯人の後ろ姿を見てるそうなんだ。男の恰好《かっこう》をしてたが、腰が丸みを帯びてたらしいんだよ。加害者は、男装の女だったのかもしれないな」

「男装の女殺し屋だったのかもしれないんですね？」

「そうだ。誰か思い当たる者がいるのか？」

「いいえ」

「おまえが驚いた顔つきになったんで……」

「実行犯はてっきり男だと思ってたんですよ。それで、ちょっと驚いただけです」

尾津は杏奈の顔を思い浮かべながら、もっともらしく言った。白戸が唐突に脈絡のない雑談をしはじめた。尾津の心中を察してくれたにちがいない。

「白戸君、いまはそういう話をしてる場合じゃないだろう？」

勝又が説教口調で咎《とが》めた。白戸が頭に手をやって、口を閉じた。

そのすぐ後、本家の大久保係長が分室に飛び込んできた。緊張している様子だ。

「専従班のメンバー二人が林葉武彦の奥さんと接触できたんですよ、取り込み中なんですがね。能塚さん、林葉は四年前、元総理大臣の塚越元《つかごしはじめ》の箱根の別荘に何度か出かけてたそうです。例の強盗殺人事件があった直後らしいんですよ」

「なんだって⁉　それじゃ、民自党の元老が林葉に裏取引を持ちかけた疑いがあるんだな？」

「ええ。塚越の長女の息子の江崎峻《えざきしゅん》、二十八歳は大学を中退して定職にも就《つ》かないで遊び暮らしてたんです。ドラ息子の父親は外交官で厳格なんで、峻を勘当したんですよ。しかし、母親と祖父の塚越元がこっそり峻に充分すぎる生活費を渡してたようですね。ギャンブル好きの江崎峻はあらゆる賭け事にハマり、四年半ぐらい前からパチンコ屋に朝から晩まで入り浸ってたそうです。五反田の『ラッキーランド』の常連客だったこともわかりました」

「それじゃ、牧と林葉を葬らせたのは元総理大臣臭いな」

「その疑いは濃いですね。しかし、慎重に捜査を進めていかないと……」

「下手に動いたら、警察官僚《キャリア》の何人かが左遷させられるかもしれないな。それほどの有力者だからね。塚越は八十四歳だが、まだ頭はしっかりしてる。現内閣を裏でコントロールしてると噂されてる超大物だ」

「だからといって、大目に見るわけにはいきません」

「それはそうだよ。偉いさんたちと一緒にクビを切られることになっても、刑事《デカ》魂《だましい》は棄《す》てられない」

「ええ」

「江崎峻はどこでどうしてるんだい?」

「強盗殺人事件があった翌月にオーストラリアに渡ったことは確かなんですが、その後の足取りは不明なんですよ。偽造パスポートで外国を転々としてるんでしょう」

「あるいは、日本にこっそり舞い戻って偽名でひっそりと暮らしてるのかもしれないぞ」

「それも考えられますね。どっちにしろ、江崎峻が強盗殺人事件の真犯人と思ってもいいでしょう。しかし、物証を一つずつ積み重ねていきませんと、元総理大臣には迫れません」

「どんなに時間がかかっても、大久保ちゃん、粘り抜こうや」

「ええ。塚越元に雇われた殺し屋《プロ》を割り出せれば、元総理大臣を追い込めるんでしょうがね。今朝の事件の捜査情報をできるだけ多く集めます」

「分室も気を入れて頑張るよ」

能塚が言った。大久保が一礼し、分室から出ていった。

その数秒後、尾津の上着のポケットで私物の携帯電話が振動した。杏奈からの電話かもしれない。尾津は、そう感じた。誰も振動音には気づいていない。

「ちょっとトイレに行ってきます」

尾津は能塚に断って、分室を出た。エレベーター近くで、発信者を確かめる。

やはり、杏奈だった。尾津は深呼吸をしてから、モバイルフォンを耳に当てた。

「今度は、どんな罠を仕掛けるつもりなんだい？」

「やはり、見破られてしまったのね。あなたと少し話がしたいの。わたし、いま、日比谷公園の野外音楽堂のそばにいるのよ」

「その近くに、黒岩と中村の二人が潜んでるわけか」

「ううん、わたしだけよ。どうしても尾津さんに会って伝えたいことがあるの。少しだけ時間を割《さ》いてもらえないかしら?」

「いいだろう。すぐ行く」

「ありがとう。嬉しいわ」

杏奈が優しい声音《こわね》で言った。尾津は私物の携帯電話を上着のポケットに戻し、エレベーターで一階に降りた。本部庁舎を出て、日比谷公園まで突っ走る。

公園内には、野外音楽堂と小音楽堂がある。野外音楽堂は家庭裁判所寄りにあった。かなり走りでがあったが、尾津は一度も休まなかった。

杏奈はステージ前のベンチに浅く腰かけていた。なぜだか、黒いフォーマルスーツに身を包んでいる。そのせいで、白い肌が際立《きわだ》つ。

尾津は、杏奈が出頭する気になったと勝手に思い込んでいた。しかし、そうではないようだ。犯行を全面自供したら、死ぬ気でいるにちがいない。

「わざわざ呼び出して、ごめんなさいね」

杏奈が微笑し、ベンチから立ち上がった。きょうも、息を呑むほど美しい。

「牧慎也と林葉武彦を殺したのは、きみなんだなっ」

尾津は、目の前で立ち止まった杏奈を睨みつけた。

「ええ、そうよ。二人にはなんの恨みもなかったんだけど、恩人の頼みを無視することはできなかったの。それで、手を汚してしまったのよ」

「恩人というのは、元総理大臣の塚越元だな？」

「その通りよ。わたしの父は塚越先生の第一秘書だったの。でも、選挙演説中の先生に刃《やいば》を向けた暴漢から体を張って護《まも》り抜き、若死にしてしまったのよ。まだ三十九歳だったわ。わたしは、五歳だった」

「そういう繋がりがあったのか」

「塚越先生は父に命を救われたことに感謝して、母とわたしの面倒を見てくれ、身内のように接してくれたの。母子家庭だったけど、わたしたちはなんの不安もなく暮らすことができたわ」

「それほど恩義を感じなくてもいいんじゃないのか。きみの親父《おやじ》さんは自分の命と引き換えに、雇い主を庇い抜いたわけだからな」

「そうなんだけど、先生みたいに親身になって、わたしたち母子を見守れる人はいないんじゃないかしら？　先生は権力欲が強いけど、心根《こころね》は優しいの。家族だけではなく、自分を支えてくれる人たちもすごく大切にしてるのよ」

「四年ほど前に五反田で強盗殺人事件を引き起こしたのは、塚越元の孫の江崎峻なんだろう？」

「あなたは優秀なのね。こんなに早くそのことを看破《かんぱ》したわけだから、本当に敏腕だわ。先生は孫を溺愛してたの。母親と先生に甘やかされて育った峻ちゃんは自立心のないまま、大人になってしまった。厳しい父親に勘当されても仕方なかったと思うわ。わたしは、峻ちゃんの遊び相手だったのよ。彼は、わたしのことを実の姉のように慕ってくれた。わたしも峻ちゃんをかわいがってたの」

「塚越元は最愛の孫を罪人にしたくなくて、林葉を抱き込んで捜査を混乱させたんだな？」

尾津は確かめた。

「ええ。先生は三億五千万円の謝礼を払うという念書を林葉に渡して、事件調書から峻ちゃんに不利になるような証言をこっそり削除させ……」

「牧慎也を誤認逮捕させたんだな？」

「ええ、そうよ。そして、先生は孫をオーストラリア在住の日本人夫婦に預けたの。二年後に偽造パスポートで、カナダのバンクーバーに移住させたんだけどね」

「いまもバンクーバーにいるのか、江崎峻は？」

「峻ちゃんは若手外交官になりすまして、九カ月前に日本に戻ったの。それ以来、先生のお宅の離れで生活してるわ」

「過保護も度を越してるな」

「ええ、そうね。先生は孫が逮捕されないようにするためには、強盗殺人事件の真相を調べてた牧、そして犯人隠しをしてくれた林葉を抹殺しなければならないと思い詰めて、わたしに泣きついてきたの。わたしは思い悩んだ末、恩人の望みを叶えてあげたのよ」

「クラーレは、きみ自身が手に入れたのか？」

「ううん、先生が用意してくれたの。黒岩と中村は、ただ狂言の手伝いをしてくれただけよ」

「出会ったときから、きみはおれをうまく利用する気だったのか？」

「塚越先生が牧の事件捜査を分室が引き継ぐという情報をどこかから入手したとかで、わたしにメンバーの尾津さんに接近して捜査情報を探《さぐ》ってくれと……」

「そういうことだったのか」

「近づき方は不純だったけど、あなたと過ごした夜には何も偽りはなかったわ。心身の渇《かわ》きを癒《いや》してくれた尾津さんには心から感謝してます。素敵な一刻《ひととき》をありがとう。元ＳＰのわたしが二人も殺害してしまった。その償《つぐな》いはしなければね」

「出頭して、きちんと刑に服せ。自殺なんて卑怯《ひきょう》だ」

「なんでもお見通しなのね。確かに捕まる前に自死するなんて、フェアじゃないな。少し考えさせて」

「いいだろう。待つよ」

「わたし、あなたを本気で好きになったのかもしれない。死ぬ前に、そのことを伝えておきたかったの」

杏奈が上着のポケットから針付きのアンプルを取り出し、項《うなじ》に近づけた。アンプルに入っているのは、猛毒のクラーレだろう。

尾津はアンプルを払い落とし、杏奈を抱き寄せた。

「死なせて！　お願いよ」

「きみも、かつては法の番人だったんだ。潔《いさぎよ》く罪を認めて、きちんと償え」

「残酷なことを言うのね。わたしは二人も殺してるのよ。多分、絞首刑になるでしょう。惨《むご》いわ」

杏奈が呟いた。

「それだけのことをしたんだ、きみはな」

「ええ、そうね」

「きみに死なれたら、もう会えなくなる。刑務所に面会に行くよ。だから、生きて罪を償ってくれ」

「尾津さん、もっと強く抱いて……」

「生きてくれ。頼むから、そうしてくれーっ」

尾津は両腕に力を込めた。杏奈が尾津の胸に顔を埋めて、むせび泣きはじめた。

地に落ちた影は一つに重なっていた。

著者注・この作品はフィクションであり、登場する人物および団体名は、実在するものといっさい関係ありません。

一〇〇字書評

毒殺

切り取り線

購買動機（新聞、雑誌名を記入するか、あるいは○をつけてください）	
□（　　　　　）の広告を見て	
□（　　　　　）の書評を見て	
□ 知人のすすめで	□ タイトルに惹かれて
□ カバーが良かったから	□ 内容が面白そうだから
□ 好きな作家だから	□ 好きな分野の本だから

・最近、最も感銘を受けた作品名をお書き下さい

・あなたのお好きな作家名をお書き下さい

・その他、ご要望がありましたらお書き下さい

住所	〒				
氏名		職業		年齢	
Eメール	※携帯には配信できません	新刊情報等のメール配信を 希望する・しない			

この本の感想を、編集部までお寄せいただけたらありがたく存じます。今後の企画の参考にさせていただきます。Eメールでも結構です。

いただいた「一〇〇字書評」は、新聞・雑誌等に紹介させていただくことがあります。その場合はお礼として特製図書カードを差し上げます。

前ページの原稿用紙に書評をお書きの上、切り取り、左記までお送り下さい。宛先の住所は不要です。

なお、ご記入いただいたお名前、ご住所等は、書評紹介の事前了解、謝礼のお届けのためだけに利用し、そのほかの目的のために利用することはありません。

〒一〇一-八七〇一
祥伝社文庫編集長　坂口芳和
電話　〇三（三二六五）二〇八〇

祥伝社ホームページの「ブックレビュー」からも、書き込めます。

http://www.shodensha.co.jp/bookreview/

祥伝社文庫

毒殺《どくさつ》 警視庁迷宮捜査班《けいしちょうめいきゅうそうさはん》

平成26年10月20日 初版第1刷発行

著者 南《みなみ》 英男《ひでお》
発行者 竹内和芳
発行所 祥伝社《しょうでんしゃ》
東京都千代田区神田神保町3-3
〒101-8701
電話 03（3265）2081（販売部）
電話 03（3265）2080（編集部）
電話 03（3265）3622（業務部）
http://www.shodensha.co.jp/
印刷所 堀内印刷
製本所 関川製本
カバーフォーマットデザイン 芥 陽子

 ISBN978-4-396-34073-5 C0193